职人
不足道

霹雳——著

新 星 出 版 社　NEW STAR PRESS

目录

新经典文化股份有限公司
www.readinglife.com
出　品

序

二○一四年四月，在走出校门工作将满四年之际，我再三思量，还是提出了辞呈。

回想毕业那年的三月，班里的同学陆续找到工作，在公司和学校间来回奔波，整日忙碌，每个人都是一副壮志未酬的模样，稚嫩却努力地展现成熟的一面。这种状态似乎让大家完成了从小孩到成人的过渡。剩下我和几个同学，懒懒散散，成了最后离开寝室的人。宿舍往昔的热闹被兵荒马乱地席卷而走，那些奔波的身影使自认为潇洒的我们着了慌。

当大部分同学穿着正装在办公室里正襟危坐时，工作仍无着落的我们坐在快餐店里长吁短叹，甚至半信半疑地相约去鸡鸣寺上香。之后不久，我接到了面试电话，两轮筛选后顺利得到了在某知名潮流杂志工作的机会。这第一份工作，对当时毕业在即略感惶恐的我来说，与其说是人生打拼的开始，倒更像是一针安慰剂，以示丁点的自我价值。

辞职前的最后一份工作，是在商场做企划。这是一家想传达青年文化概念的商场，借做视频企划案的契机，我开始思考八小时的概念。我们所说的生活，其实就是这八小时。八小时是我们工作的时间，也是我们一天最主要的活动时间，每个人都希望个人时间和工作时间能够分开，实际上却很难，一份工作基本上决定了一个人的生活方式。也许很多年轻人和我一样，期待看到不同形式的八小时。这个系列拍了南京九个不同领域的年轻人，不是红人，未必有名气，现在看来策划形式不算新鲜，因为宣传等问题，也没有大火，但在执行整个企划案的过程中，我感触良多。

我也陷入了重重的疑问与焦虑，默默回想二十三岁到二十七岁的生活——在每天阳光最好的时候，我似乎都坐在办公室里面对着屏幕。很多人都无奈感叹：有钱的时候没时间，有时间的时候没钱。一个人的精力总是有限的，可每个人都会被要求身兼数职，在各类技术、媒体迅猛发展的时代，已经越来越不允许一个人只做一件事。其实，对于工作本身我并没有太多敌意，自己赚的钱自己支配是一件很开心的事，疑问和焦虑的源头，在于没有找到一份满意的工作，而且对于满意的标准自己也不甚明了。所以，我想在有点积蓄的时候，给自己时间，过自私的一年，去体验享受一下专注一件事的快乐，去实实在在地探寻心里的疑惑。

工作的意义究竟为何？工作与自由是必然矛盾的吗？怎样才算一份合理合心的工作？人类为了自我或其他的需求，创造了多少不同的工种？自由职业者的自由究竟是怎样的？木工师傅每日在做些什么？被称为白衣天使的护士，一天会遇到多少种状况？昆曲演员如何开始整日的工作……想去看看别人的工作，如果可以，一起上班，从日常琐事，观察不同行业的形态，做一部文字纪录片。

一定有人觉得工作与自由严重冲突，他们苦苦挣扎并卓有成效；也一定有人觉得平稳度日没有不妥，安于日常也是一种幸福；还有人觉得现在的委曲求全是在为未来积蓄力量……

我不确定能否得到一个确切的答案，但对一件事物了解得更多，才能更客观地看待它。居高临下讲道理的文章太多，我只想呈现生活或生命的不同面相，那才是最真实最多元的。我相信，无论哪一种状态，他们都有足够的理由支撑自己坚持现在的选择。

🌿

辞职后，我便开始了这个采访项目，从认识的同学开始，再通过线上相关讯息、受访者推荐，以及线下寻访等方式，找到了不同行当的从业者，感谢他们的信任和友好，接受了我这个非专业人士的采访，让我了解到了不同行业的乐趣和辛苦。

近几年，"匠人""匠心"等词处处为用，但在采访的过程中我发现，工匠本人反而从来不会提起这些字眼。被他人视为匠人匠心的事，于他们而言只是再平凡不过的日常——昆曲演员们自小开始日日练功、排练；木匠师傅每天在噪音中与木屑为伴，站到两腿僵直；陶艺老师只要在工作室中，就不会有一分钟被浪费；刻经师们长年累月在闹市中的一隅方所一刀刀刻下传世的经版……有时他们享受劳作带来的踏实和快乐，有时也对职业的辛苦与疲累无奈，这些情绪体验融化在每一天每一小时每一分钟的琐事中。

这种平凡、实在让我感受到一个个鲜活的个体，他们不是某个行业系统中的零件，不是被固化成某个模样的标杆，而是层次丰富、有情感的个人。他们让我在最普通不过的日常中观察、存留下了一个又一个时间切片，它们就像耐用的老物件一样，让人感觉润泽安定。一份工作，文艺也好，平凡也罢，我们最终都要落入俗世日常，其中的喜怒哀乐自知其深，自得其乐，不足为外人道也。

开始这个采访项目之前，我对自己有一番自我评估：我做不了女强人，成不了帅才，顶多算不错的一员大将，所以也许不久的未来，我依旧会回到朝九晚五的生活，为求保险，在一家公司里对以后未知的几十年做打算。然而，三四年过去了，我并没有重回坐班生活，感谢自己的行动力，在经历了种种探索和试错后，我学会了为自己做减法。我依旧继续自由职业的生活，和朋友经营一家小小的工作室，撰稿、画画、开水彩课，我意识到做一件自己喜好的事情也许意味着，要处理许多不喜欢的问题。这几年我内心从波动到笃定，这其中的变化，或许也不足为外人道也。

有时候我会有一种感觉，我现在做的每一件事、每一点积蓄，都是在为未来的某事做准备，这件事会让我有游刃有余的成就感、自在感和欢畅感；它可能发生在新疆，可

能发生在南京，可能发生在一座我第一次抵达的小城，当
然也可能永远都不会发生，一辈子只是为这个虚无的目标
做着顺势而为的准备。

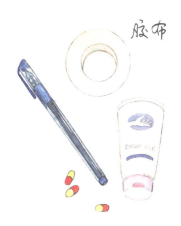
胶布

贴满标签的医护间

　　印象里，医院是大面积的白，再久远一点，三分之一墙体是或深或浅的绿漆，却显现不出可爱的生机。唯一不变的是萦绕鼻尖的气味，混杂酒精和药品，让人一闻就神经紧张、肌肉微痒。或许因为终于不再以病患或病患家属的身份来到医院，心里颇为轻松。卸下紧张和警惕，微小的细节便在眼前一帧帧放大，才发现，医院不只有白色，甚至称得上色彩丰富；药品不再是晦涩成分背后过分理性的冰冷，我竟能从旁观者的视角发现一丝"药物美学"。

原本想从早上八点连班跟，因为小禾有事，改约十点见，便径直到了消化科的护士台。见面时她正在配下午的静推，这是日常工作之一。小禾急匆匆带我换了身护士服，嘱咐一句："我就忙我的，不管你了啊，跟着我就行。"我便像跟屁虫一样忙乱地开始了这系列的首个采访。

小禾向我展示了治疗室内大大小小柜子里的药品，那些难懂的名称，在她讲起来像说绕口令般利索。环顾四周的纸笺、用具，作为文科生更是像看天书，一头雾水，所以每个转身、每个举措都厚着脸皮问"现在是在干吗？""这是做什么用的？""下一步要干什么？"所有问题都得见缝插针，因为小禾和她的同事们动作太快，而且不断有各种工作插入，小禾也在见缝插针的空当耐心地给予解答。

屋外按铃提示此起彼伏，几个护士来来去去脚步匆匆，看了很久都没看出她们的工作流程何以忙而不乱、有条不紊，唯有先从眼前景象寻一二分答案，那就是无处不在的标签。从医护间的柜子、冰箱、器具、药品，到护士台的台面、文件，再到处置室的垃圾桶，甚至无处不在的洗手液，都贴着大大小小的标签。护士配置药水，同样要贴标签写明信息，这个步骤每天要重复无数次，所以她们的口袋里总少不了几支笔。

记得多年前看过一个调查，将富豪和警察的照片放在一起，在事先不讲明的情况下，选择警察当男友的女性更多。也许这不是一个讲究信度效度的科学调查，但制服确实反映出一个人群的行事方式，赋予他们某种性格，那份职业性的冷静、克制成就了某种魅力。贴满标签的医护间，就像穿着护士服的护士，时刻提醒着什么。

我跟着小禾在整个病区兜兜转转，脚步时常跟不上，几分钟不见便有了新状况。八楼的阳台上有位不知哪个病区的女病人，小禾劝说几句要送她回病房，病人执意不肯，驻留片刻后进了电梯。凭借职业的敏感，小禾推断病人情绪状况不佳，怕她想不开，于是赶紧打电话询问其他病区的同事。我问她如何看出，小禾说：那个女病人戴着假发，手里拿着佛珠，手腕上的缎带被扯了，应该是在化疗的病人。缩小范围，给几个相关病区打了电话，片刻后，得知女病人安全回到了病房。我问小禾以前遇到过病人寻短见吗，她说护士长遇到过，晚上值班上厕所，发现病人已经吊死在那儿了。

小禾说，刚工作时她可没这么冷静，犹记得第一次抢救病人，家属伤心欲绝不停唤着病人的名字，她一边抢救一边止不住地掉眼泪，于是老师把她喊出去："你哭什么？！抢救病人的时候不能这样。"工作几年，轮到她带学生，抢救室内学生一边哭一边抢救，她也把学生叫出去问："你哭什么？！"

"这么久了，对生死场景是不是不再过于感慨？"小禾说，确实，刚工作看哪个病患都可怜，现在感性的成分会少一些，因为护士每天遇到的问题和状况太多，看得也太多。

"当护士技术好只是一方面，更重要的是处理问题的能力，因为随时会有状况需要协调。"在以前，我一定觉得这话太空泛，但跟着上一天班后，深有感触，包括隔天跟上

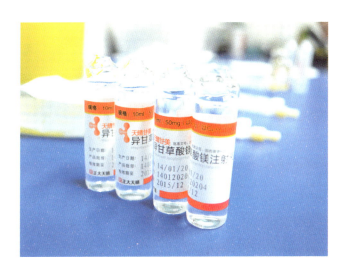

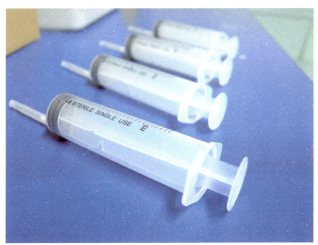

小夜班，连病房厕所不通、窗户关不上，病人都会来找她们。护士们说不止这些，漏水漏电、睡不着觉，事无巨细，通通要管。即便工作繁杂，但一看到提示铃显示的床号，小禾和同事都能想起是需要换水、拔针，还是续止血泵。"刚开始工作的时候什么都担心，每件事都要和老师确认，问她这样对不对，老师都要崩溃了。后来一个人上班，发现没办法，必须动作快又仔细，有问题只能自己处理。"

我感慨地和小禾说：以前我总抱怨工作流程太多太烦琐，和她们一比，简直小儿科！单说挂水、调配药品、去病房打针、去处置间处理废弃物品、将每个操作记录在册，这只是一小部分流程，而且一天之内不断重复。"现在不像以前，配置药水不需要我们了，每天有工人师傅送来，减少了一些工作量。我们每项操作、病人病情变化都要记录在案，现在有电脑你都觉得烦琐，我刚工作时还没有这套系统，都靠手写。"

小禾和同事对我说，今天是她们很不忙的一天，应该经常让我来坐镇。"四月头的时候，我们每个人都要忙得飞起来，脚不沾地。"这般场景我确实无法想象，因为今日我所见，她们起起坐坐，脚步不停，打针记录，已是一番异常繁忙的景象，我跟在后面已然累得腰酸。下午三点，小禾今天的工作算是结束了。

第二天小禾要上凌晨一点半到早上八点的大夜班，我则要去做采访，于是跟了第三天下午五点半到凌晨一点半的小夜班。想起她们说，护士因为倒班生物钟很乱，所以都没有好皮肤。也许跟了一天班感同身受，我做了虾仁水果沙拉带去。刚放下还没来得及吃，小禾告诉我马上要护送一个重症病人去 ICU，拿氧、推车、叫师父、嘱咐病人家属、和 ICU 同事交接，又是一番忙碌。白衣天使和常人一样，同事间也会有不理解和大小矛盾，然而坏心情过后，她们都能设身处地站在其他科室角度理解彼此的挑剔。回来又是应付此起彼伏的提示铃，今晚有三个病人需要灌肠还要配置药水，小禾拿出各色药品、针管，边忙边笑："觉得像做饭似的。"

忙完一段稍有空闲，护士们才能喝口水吃点东西。下一班的同事带来了寿司，可以先在值班室洗澡睡觉，到凌晨一点半交接班。小禾坦言，自己也想过护士的工作为何是这样，又忙又累，有时候还要处理大小便、呕吐物，会觉得这份工作有低贱之处，但现在习惯了，不会有什么负面、恶心的感觉，都只是工作而已。

一位大妈因为袖口湿了，直呼小禾的名字要一套病号服，兀自在医护间换了起来，说病房有个老头不方便。小禾嘱咐她别着凉。两人说着南京话就像朋辈间的寒暄。我问，这位大妈直接叫你名字，是不是住很久了？小禾说这是位癌症病人。

如果你认为消化科相对安全那就错了，每个科室都会有很多状况。小禾说他们收治过几例艾滋病病人，艾滋病有腹泻症状，其中一例一收治进来后才得知患病。还有一个故意隐瞒病史的，高烧不退，做了检查才知道。由于工作中难免会被针头扎到，或有其他外伤，她们心理上也会紧张。小禾更喜欢外科，比如心脏病人入院时可能很虚弱，一旦抢救过来，或者手术成功，便活蹦乱跳出院了，很有成就感,医患关系也相对和谐。"像我们科,要彻底治好很难,有的病人住院出院好几回,有时候病人也会没耐心,发脾气,我们的心情难免受影响。"

❦

晚上九点,护士长查房,小禾和同事赶紧再次仔细检查物品是否摆放整齐、各项要求是否达标,前后脚又有其他病区的同事打电话通知护士长的行踪,这江湖仗义的场景实在有点可爱。

❦

午夜零点,病房相对安静下来,熄了护士台的灯,小禾终于有时间坐一会儿,如果没有突发状况,到下班前可以清闲一下了,这种时刻难免谈起人生理想。

小禾说其实自己很迷茫,专业和工作都是父母选的,她做了五年护士,说不上喜欢,可除了这份工作,又不知道还能干什么。她希望生活能文艺多彩些，想学习理财、学学吉他，想每年去一个地方旅行，都没有实现。唯一让她有自豪感的，就是每周都去练习两到三次瑜伽，已经坚持了一年。说到吉他，因为我会点皮毛，她兴奋起来，想学习的热情又被点燃了！

二○一二年，小禾去了海南，下了小夜班直接去机场，旅程结束后又直接到医院上班。父母来医院帮她把行李箱拿回家，正巧那天特别忙，过道里加满了床，换水打针，还有家属吵架，爸妈站在护士台前看了很久，她都没有觉察。以前小禾觉得没有精神寄托，于是月月光，给自己吃好的、穿好的，爸妈觉得她乱花钱，所以替她管着工资卡。那天回家，工资卡放在桌上，妈妈对她说："你赚的都是辛苦钱，以后想花就花吧。"现在她花钱理性很多，但依旧迷茫，因为不知道自己究竟想干什么。

正聊着，电话响起，120 急诊马上要送来一位八十一岁消化道出血的病人。收治病人有一整套流程，她们要事先做好准备，于是小禾和同事又开灯开始工作了。那一刻让人真切体会到"理想丰满，现实骨感"这句话的含义，对于自己的爱好，还没来得及畅想一下阳光灿烂、岁月静好的场景，就立刻被拍进真真切切的现实之浪里。

凌晨一点五十，终于下班了。

总是说护士是"白衣天使"，实际上，他们还是兼具医学护理知识的管家、秘书、行政人员，需要这些身份处理的工作，他们一项不少。"白衣天使"让我们对护士的认知停留在笼统而美好的想象层面，但走进贴满标签的医护间，才会真正了解天使光环背后有喜怒哀乐的他们。

小禾，护士

穿上护士服，便被赋予了冷静、克制的职业特点，在每日忙、乱、烦琐如车轮战般的工作中，她说：没有什么高低贵贱，都只是工作而已。

火漆球

复刻自然的初心

　　原本想从珠宝设计师的角度采访小白，见了面才知道，她已经有了自己的工作室，因为在起步阶段，诸多琐事，设计只能暂搁一边。无论珠宝设计师还是工作室主理人，听起来都光鲜亮丽，而我们的采访却从小工厂开始。

　　中午十一点，在地铁站出口见到小白，便径直带我去取客人定制的首饰，她边走边告诉我，一会儿可以在工厂看看珠宝的制作工艺。和老板打了招呼，得以进去一窥究竟，几位师傅每人一张小工作台，台面上皆是凌乱的工具，一盏台灯下，聚精会神、精雕细琢。都说外行看热闹，我却连大声说话都不敢，更不知从何看起，小白耐心地向我讲解了每一道工序。

制作镶嵌宝石类的首饰分几个环节，每位师傅专管一项，第一步是雕蜡（起版），也就是我们理解的做模子，根据需要雕出形状、图案，很费眼力；之后浇筑师傅根据雕蜡出的模具，用焊枪将金银等用料熔化，进行浇铸工艺；此后，执模的师傅进行人工打磨与修改，此时首饰已大体成形；负责抛光的师傅用飞碟机进行高速的抛光打磨；接下来是微镶，根据设计镶嵌细碎的珠宝，细小之处甚至要用到显微镜；最后专门有一位师傅镶主石。一切完成后，还要对边边角角再进行抛光和加工，我们在店里看到的每一件首饰，大致都是这么诞生的。

小白说："银饰的工艺又有所不同，一会儿也可以去看看。"于是我又跟着她走进一间工作间，一眼望去，昏暗的灯光、挂在墙上的军大衣、横七竖八的工具，八十年代的气息扑面而来。一位师傅正在休息，我没亲眼看到制作过程，不过从眼前景象也能猜得出一二分不同，三张工作台依旧凌乱，而银饰的制作分工没有珠宝那么细致。

小白很喜欢画画，以前喜欢看动漫，志愿一直是去北京电影学院的动画系，机缘巧合下学了银器与首饰设计专业。报志愿时，自己并不太清楚这个专业究竟做什么，在它和摄影之间徘徊，爸妈觉得女孩子学摄影到处跑太辛苦，才选了首饰设计。学了之后，小白是越来越喜爱，没想到现在专业成了爱好。

小白边回答我的问题边打开用了三年的工具箱，我顿时傻了眼，景泰蓝粉、榔头、剪刀……琳琅满目，应有尽有。她笑着说："一说自己是学首饰设计的，很多人觉得好高大上。其实别看大家都打扮得漂漂亮亮，却得又挥榔头又拿锯条，手上都是伤。像抛光、拿锯条、用酸，都有一定危险，好多衣服上都是大大小小的洞。""我们的专业一年在国内，三年在英国。国外的学习从来没有书面作业，基本都是动手，也很少考试。但期末要交出自己的作品，并向考官阐述灵感来源、制作过程、为呈现效果做了哪些工艺尝试等等，这就是国外学习的不同吧。"

说起毕业设计，小白做的是肌理探究，灵感来自墙面，为了模拟墙面的触感，她尝试过使用饼干、碾碎的花椒等材料，以求实现墙面的颗粒感。"每个同学的灵感来源和风格都不同，比如有人把毛线钩针用在设计上，还有同学喜欢用鸟的一切，鸟的头盖骨啊，羽毛啊，很有意思。每个人的工作方法也不同，有人喜欢画手稿来呈现，我自己不大用手稿，更习惯在整个过程中不断动手尝试。"

谈论首饰设计的过程中，我发现小白非常清楚自己喜爱的风格："我最喜欢的风格有两种，一是极简，一是自然，基本不做过多的加工和雕琢。大二时一直尝试极简风，后来发现以此为基础做设计似乎有局限性，后来慢慢摸索出另一条路，就是肌理探究，顿时豁然开朗！因为既符合极简风格，又满足了自然质朴的诉求，而且有很大的探索空间，可以一直做下去。"

　　小白的第一个设计系列叫"复刻自然"，灵感来自某种野生的果子，植物白痴的我看到蜂窝状的奇异果子，还以为是从英国带回来的，小白笑道："我给你看它原来的样子，你肯定认识。"于是从抽屉里拿出一大袋，果子却变了样，有一层带毛刺的外壳。虽叫不上名字，但我认识它，这不就是我们常在山间路边看到的植物吗？小白说："对，是它。把那层带刺的外壳剥掉，里面就是这种蜂窝状结构。"小白想着多捡些以备日后再用，恰逢前一晚打雷闪电，倒了一棵树，掉下来好多，便存了一袋子。小白拿出她收藏的宝贝，向我展示这个系列的探索过程："这是茄子的茎，这是棉花壳，这是南瓜上的……"我问，是去菜市场找这些材料吗？小白说各种途径都有，有时候菜市场的师傅不愿意给，自己又买不了那么多，便每天央求朋友：求你今天吃点南瓜吧！"这些自然的肌理都很棒，而且很难人工复制，所以我会找很多奇奇怪怪的东西拿去浇铸。"

　　小白说，她自己很喜欢银饰。"不过爱好和工作我还是分得开的。要想养活自己还得做商业珠宝，必须要顾及客

人的需求。但是银饰设计肯定不会放弃，会作为爱好一直做下去，继续按照肌理的理念去探究。"

小白给自己的工作室起名叫"初"，以体现回归自然的简单理念。工作室刚起步两个月，大大小小的事都要自己忙活，设计只能先暂停。工作室装修时，小白一头雾水，材料、设计都无从下手，天天出去逛。偶然看到一家室内设计工作室，风格亮眼，小白顾不得其他，径自进去问："我有个工作室在装修，你们可以帮我设计吗？"对方问她空间有多大，小白告知一百多平方米，但对方最小的单子都是两千平方米的。巧的是负责人也喜欢手工制作，与小白交谈后答应了她的请求，工作室便动工了。

小白把二楼留给自己做工作间，笑称自己是比较长情的人，不少东西都跟了很多年，还比照在学校用的工具桌，画图纸找师傅打了两张桌子。小白畅想着，墙上挂满追随自己多年的工具，桌上是乱中有序的常用器具，一张牛皮

兜在桌子下方，因为烧烫留下些许斑点，画纸、颜料随处可见，自己便在这里继续找寻大自然中的肌理与银饰的最佳结合。

因为工作室刚起步，现在订单不算很多，但客人相信小白的眼光，一般都在她这儿选好裸石，说明要求，直接让她去选款式做加工。九〇年出生的小白看不出太多浮躁，反而比同龄人多了几分笃定、沉稳与果敢。

"现在没有时间做设计，工作室刚步入正轨，每天要盘货、接待客人、记账、去工厂……家里人确实比较支持我，很幸运能继续自己的专业，但心里也有压力，想尽快让工作室稳定下来，养活自己后，继续设计银饰。"

首饰似乎总是璀璨与华美的，小白却将看似粗糙的自然肌理与首饰设计相融。复刻自然的气息，融进首饰中永久保留下来，或许这便是女生对美的一种珍视吧！希望不久的将来，再到小白这间叫"初"的工作室时，能看到如她所想的凌乱工作台，能看到她再次贴上首饰设计师的身份标签，继续复刻自然的初心。

小白，珠宝设计工作室主理人

听起来光鲜亮丽的珠宝，却从手上的伤、衣服上的破洞中诞生，在事业初创期打拼的她说：要先生存，再供养自己的兴趣。

山海间，文那食堂主人

二〇一三年我去了景德镇，某日吃完午饭，临时决定一路向山，去三宝国际陶艺村。溪水淙淙，旧式农舍掩映在草木之间，地面、墙头散落着镶嵌的瓷器瓷片，一面彩绘墙寂静屹立，陶神、风神、窑神、雾神……仿佛吞吐着此间灵气。书写于此的三宝赋、有些斑驳的壁画与环绕的青山，渲染出一幅不言自明、充满故事性的图景。当年一行，大致了解到三宝村由著名陶艺家李见深老师创建，除此之外印象深刻的便是三宝的乡野美食，以及里里外外的壁画。

　　旅程结束，写了一篇景德镇之行的攻略，有网友告知，壁画作者叫文那，而后发现文那也转发了这篇文章，于是有缘相识。自此，我每天都会在微博看文那分享自己的生活及作品，简介中"我以画画的名义来这个世界度假"不知道让多少人羡慕不已。

　　文那，原名陈兴兴，总是一袭敞落随性的中式装扮，人如其名，她标志性的白牙笑，给人时刻开开心心、兴兴头头、充满无限活力的感觉。她的文那食堂不卖食物，却齐聚鬼神小怪、山海灵兽。采访前一日，她又在三宝完成了一幅壁画，世外桃源的里里外外，都布满了文那笔下繁盛的想象。

　　文那食堂不卖吃的，我们的交流却从"吃"开始。景德镇在修路，三宝的路被彻底挖断，进出不便，需要先由司机送到村口，再坐小摩托颠簸进三宝。还没进山，文那便嘱咐我们买点菜一并带进去，因为要断粮了，不够吃两顿啦！买好肉和蔬菜，不想又一条信息发来：李见深老师刚从国外回来，要做饭招待大家，又开了一份详尽的菜单。于是我顺路到湖田小菜场，打仗一样买了一通，却还是没买齐。

饭卷家是进出三宝的中转站，大家都在这里换乘。饭卷是郑州人，和老婆一起在这里租厂房做陶，文那食堂的一部分周边便是在这里诞生的。未见文那，先见作品，小狮子、小马、小龙、小沙弥……呆萌却明显带着她的风格。文那来这里送刚刚结束三天采访的摄制组，她和微博上一样，中式传统风格的穿着、大大的笑容，不过带着几分倦容，这一下午，她便在这里修正作品。

傍晚，饭卷骑着小摩托将我们送进三宝，他说，李老师特别喜欢自己做饭招呼大家吃，认识的不认识的，兴致来了，只要在三宝的就坐下一起吃。文那住在李老师的私人客房，碗橱、桌子、不知什么年代的雕花大床，到处都是老物件，不会摆着供着，依然日常使用，"只要没人住，这间一般都是我住"。我们把行李放在屋内，李见深老师的

助手马师母说:"放心,这里很安全。"李老师则正在柴灶前忙碌,中午买的菜已经成了一锅乱炖米粉。

小狗小宝在院子里撒欢,两头乌黑的小猪懒懒地摇晃着身子,小鸡在室内室外自由踱步,吃过饭,我们在一窝小鸭子的注视下,在门外溪水里洗碗,三只鹅排成一列划出涟漪,回头便会看到文那《福窑图》角落里画着的三只"三宝鹅"。这儿是李见深老师的工作区,一般作为国际艺术家交流的场所,谢绝参观,不知以后是否还有机会能看到这幅二○一四年画的《福窑图》了。

文那说:"三宝是我半个家,我和这里有缘分,而且待得住,这点不是每个人能做到的。有的人来这里,第一天觉得好美好喜欢,自拍一天;第二天微距一天;第三天远景一天;第四天就烦了,因为可能走着走着,一只大虫子吧唧掉脑袋上,门口还有巨大的蜂窝,野蜂飞舞,诸如此类。可我很适应,蜂窝在门口照样进进出出,我不惹它们,它们不会来蜇我,冬天没柴了大家一起上山砍柴。还有的人,可以适应但没有时间,要回到城市忙自己的事,我来三宝并不是为了追求原生态,也不是为了喝茶品茶,或者追求所谓的天人合一，你看我在这依然天天离不开可乐，没可乐会死。我每年都要来这里好几次，因为在这里能做的事情实在太多了。"

"文那这个名字取自我看的第一部话剧《文那啊，从树上下来吧》，是一只青蛙的名字，已经用了十几年了。"微博上时不时就会看到她纠正那些把"文那"错写成"文娜"的人。"我特别介意别人写错名字。第一次在海报上看到'文那'这两个字，我充满了好奇，不知道指的是什么，当时就买票看了这部话剧，自此疯狂痴迷于话剧。"文"和"那"，两个没有太大关联的字组合在一起，有一种中性、硬朗的气质，一写成'文娜'感觉立马就不一样了。我理解有的人可能是无意的，但是这两个名字差别很大，所以看到写错的，一般我都会纠正。不过希望以后能用回自己的本名。"

直白提问，是否觉得自己有画画的天分？文那不假思索："天分肯定是有的。从小，学校的画画比赛还没交作品去参加就已经是第一的那种，爸妈都从事艺术行业，所以我注定要画画。"

不过这个不打草稿，甚至不打腹稿就能画出一幅宏大壁画的女侠，在初中时也遇到了瓶颈。"老师教的素描、色彩怎么都画不好，三庭五眼也掌握不对。我又是认知很缓慢的一个人，自己觉得挺好，不知道哪里不对，只是从分数啊，周围人的反应和评价大致了解到可能画得有问题，很多年后再回头看才发觉确实不好。当时身边都是画得很好的小伙伴，于是好像被孤立、被排斥了，也因为自我认知迟钝，虽然会不开心，但过去就过去了，没到郁郁寡欢的地步，一个人也还乐乐呵呵的。后来中考专业课放榜时大家围着看，没想到自己居然是第一名！同学都特别奇怪，其实到现在我自己也不知道怎么就第一名了，可能临场发挥得特好？假期上课说起考试，特别巧，遇到的老师当年也是那所学校的第一，而且长得特别帅，自己好像一下子开窍了，素描、色彩都画得很好，进入高中，就成了名副其实的第一名，尤其是色彩。"

文那说自己时运不错。"高考专业课放榜时，我坐在公交车上想，这次会不会又是第一呢？当时这个想法没有特别强烈，就是一些隐约的感觉。看榜现场大家里三层外三层地找名字，我一看，又是第一。"

　　说起高三，文那并没觉得多难熬，这一年她看完了整部《红楼梦》和《天龙八部》，现在为壁画配的那些文字与那时的经历不无关联，此外打通关了游戏，还痴迷话剧。"现在的高三，说起来就像一部沉重的机器，不断往下压。我也有刻苦学习、熬夜的时候，但只有那几个时间点，就好像是钉在板上的几颗钉子。"

　　因为高中痴迷话剧，文那一度哭着和家里人说要去北京电影学院、中央戏剧学院学导演，且两所学校她都考进了靠前的名次，但最后她还是听从父亲的建议，去清华美院学习版画，但她对话剧的热情，一直持续至今。毕业后，文那的版画创作不多，开始画一些插画、绘本或海报。温暖的水彩童话和现在神鬼壁画的风格似乎差异很大。"之前说高中时成了名副其实的第一名，但那时不太有自己的创作，大概大三的时候，开始有了创作自己东西的想法和能力。

'小脸人'系列就像我的日记，画的是一个在大大的世界里游历，或隐匿或沉浮的小女孩；水彩风格比较温暖，画小说插图、戏剧海报，我依然与戏剧保持着联系；后来因为失恋，开始画得有点怪，甚至有些诡异阴森的风格，以至于被《鬼吹灯》的经纪人看中；现在的壁画有很多中国传统元素，这种画风的转变很突然，也很顺畅。感情波动似乎也是灵感大爆发的契机，当年开窍也是因为老师长得很帅嘛。"

文那说自己和三宝很有缘，当年瞎溜达到这里，见到李见深老师，画了第一个坛子。为了凑画面，她现场题写了《泥盆纪》，于是开始辞赋创作，三宝也成了文那壁画创作的开端。

"我没有国画功底，拿毛笔和拿钢笔的手法一样，不讲究画材，也不怎么挑选墙体，只要能上色的墙都能画。画在纸上或墙壁上，谈不上更喜欢哪一种，但是画壁画，会为平面的东西赋予空间感。"文那很容易对古旧的器物留有印象，能记住生活中很多物件的具体细节，记不住也能编得很具体。比如，画公共汽车，她能将门的开合器、门后的散热器——画到；壁画中的飘飘衣袂、繁盛枝蔓、飘渺云雾她都能画得细致有层次。怪不得她说："写辞赋是因为我认识中国字，会画传统服饰是因为我是中国人，从小就见过。"

文那说，以前作画落笔时脑中多少还有点雏形，二〇一〇年去意大利阿拉香艺术中心画壁画，因为时差没倒过来，脑中一片空白，好多人看着又不能不画，这种状态下竟然画得很顺利。位于山上的小镇，月光照亮海面，画面中的"牵山照海"是山神和海神。"牵山"取自万水千山，手中绳线牵引，可移山千里；"照海"负责每日将海照亮。之后，无论多大的墙面，文那都不打草稿，甚至腹稿都没有，完全信任自己的手，以当时当景为灵感，现场创造当地的神仙灵兽，更加不会提前出手稿给对方，文那对作画的地方有考量和把握，有人担心会不会画得太怪异，她便回答："放心，我会画得很祥和。"

最近，文那的采访十分密集，她很高兴越来越多的人喜欢她的画风，但对自己的画作却十分淡然。"我这人阳气重，从来不招什么鬼神，画这些是因为好玩有趣，而且现在我很容易就能驾驭好它们，比山水或者其他内容，能更好地构建出故事性，也更好玩。要说这种风格是从我身体里生发出来的，倒也不算，你看我整天疯玩疯闹，也不是神经兮兮的女神经。"

文那希望能够画更多自然材料打造的，或者自然空间里的墙体，这样壁画随着时间流逝，会有自己的变化，就好像有了生命。"每一面墙都有自己的命运，不像纸可以保护，壁画画完，如果地方废弃了，也就拆除或者沉寂了，我得习惯它们的自生自灭。"

满世界跑着画壁画、跳着拍照片的文那，也上过十年班。一毕业就在《北京青年报》做插图编辑，前几年认认真真，之后越来越待不住，这两年正式辞了职。这是她第一份职

泥盆纪〔上篇·束海〕

员性质的工作，也是唯一一份。"以后不可能再去上班了。我没有特意去追求过什么，更谈不上'梦想'，也从没有什么计划。就像我没想到自己会画这么多壁画，现在又开始做陶，这些对我来说都很好玩，都是在度假，我对现在的生活很满意。"

前段时间，文那开始在网店出售周边，这次来景德镇，也是为了做一些雕塑周边，她将店铺命名为"文那食堂"。这是多年前就有的概念，其实就是"家"，但也不能具象地描述成家、店或者某一个地方，用文那的话说："它是一种环境。是我和朋友在一起的状态，一起创作，一起玩，或者一起吃吃喝喝。""就是要出其不意，让大家不知道是干吗的，反正肯定不会卖吃的。"

助手小天是文那食堂的新成员。之前，文那并未想过招助手，每到一个地方画壁画，便会发微博，召集愿意来帮忙上色的小伙伴，小天就是这么结识的，看他上色时认认真真，文那便突然有了招他做助手的想法。"来北京，带你吃肉带你飞！"刚毕业的小天坐不住办公室，便这样入了伙，现在帮文那运营公众号、上色、拍照，以及打理各项事务。谈及当助手的感受，小天只是简简单单的一两句："就是每天都很嗨。她岂止是不压抑自己的情绪，简直就是洋溢！"文那哈哈大笑："小天来了后，工作量真的上去了好多。"

❧

　　坐在桌旁，文那说起年少时的一段浪漫经历。爱交朋友、好与人交流的她，十九岁时在火车上遇到一位朝鲜族小伙子。"当时已经很晚了，他盯着窗外放空发呆，也不说话。本来我都要爬上铺位睡觉了，对面的火车驶来，光影在他脸上一棱一棱地闪过，我想如果不上去和他说话，可能一辈子都不会再遇到了，于是开口问：'你有 QQ 吗？''没有。''你有邮箱吗？''没有。'可我还不甘心，不停和他说话，后来说得他也特别高兴。回去后他联系我，说遇到我的时候是他特别郁闷的时期，然后邀请我去长白山玩⋯⋯那五天时间，极尽浪漫桥段，我们手拉手在长白山上跑，天池特别特别美；在边境采蘑菇，他在地上写了特别大的我的名字；带我住最好的酒店，默默把钥匙给我，自己走了……反正就是什么也没发生，完全韩剧剧情走向。回来后，我怕忘记细节，还把这五天的经历写在了博客上。我爸说，当时自己怎么那么大胆同意我去了，万一那人一时起了歹意呢！我还特别迟钝，回他说，能怎么坏，他还能抢我钱啊？我又没啥钱。"六年后再相见，故事的走向开始往喜剧发展，文那总结第三次见面：他肯定对当年那个文艺的小女孩幻灭了。之后他们便疏远了。这个以浪漫开头，以纯情贯穿，戏剧性地以喜剧色彩结尾的故事便不了了之。文那在讲述的过程中乐得刹不住："现在想起，依然觉得是很美好的回忆。"

文那是喜欢在人堆里生活的人，喜欢集体生活，不喜欢独处。"可能因为初中有被孤立的经历，所以现在更加珍惜朋友。不过我后知后觉，虽然当时没觉得特别难受，但到了大学发现居然有人愿意和我说话和我玩，集体活动时愿意带着我，才发觉初中那种状态可能是不好的。"我问文那，所以朋友对你非常重要？她的回答依然霸气："现在我对朋友非常重要。"然后又是大大的笑容。

文那在宋庄租下的 loft 被她称为"文那食堂旗舰店"，她家保持开放模式已经很多年了，现在家里还住着几位朋友。文那开玩笑地说："在家就像太后似的，什么都是自动的，我说太亮了，立马有人把窗帘拉上了；地上脏了，立刻有人扫干净，哈哈哈。"集体生活就像开辟出一个乌托邦，文那经常外出，朋友便轮流帮她照顾家里的猫。"大家都对我特别好，都挺喜欢我，当然我也会体贴朋友，对他们好。这种好不知道怎么说，是通过这些年的修炼提升自我的魅力值，或者说成为一股力量，大家一起向上走。有时因为压不住火说出伤人的话，一出口立刻意识到，以后便不会轻易再犯，经过这些大大小小的事，朋友之间好像相处得更深入更要好了。"

有了微博后，文那不再频繁更新博客，但每年的十二月三十一日，她都会在博客写一篇总结，结束都有一段相似中略有些不同的话：

过了这一日，又入下一程。

日子依然超乎我期待地缓慢，或者超乎我期待地跳跃更替。

以前没有计划，没有希望。

但是现在我知道，有些东西在变化。并不详尽，也并不清晰，但有了。

我将再次，并且永远接受这生活给我的所有快乐、所有失望、所有的出乎意料和所有的情难自已。

文那身上的气质是流动且波澜壮阔的，她束起长发，衣裙摆动，如侠女般，行走于山野乡间。画画做陶，好似脱离了现代时间的存在。她爱可乐、爱火锅，在微博、微信与各路朋友、"粉丝"交流，又好像与光怪陆离的现代生活合拍得恰如其分、相得益彰。她好恶分明，讨厌网络暴力，讨厌无意义的争论，她喜欢咕噜噜的火锅和嗞嗞冒气的可乐，接纳且收藏每一个阶段的自己，畅快地走向一程又一程，达到一种比自由更自在的状态。

因为太想念极爱的火锅，采访完第二天文那便飞到成都吃起来，神鬼满堂的文那食堂主人，其实也真的挺爱吃啊！

文那，绘画师

她兴冲冲地画画、做陶，每一天过得都像度假一样。她说：我没什么特别的追求，更谈不上"梦想"，只是觉得好玩啊。

寻访真味

　　他自称南京农夫，给自己创造了一份工作——食材寻访者，打理一家小店。我联系到农夫说明来意，他答应得很痛快，说当天下午有空，直接来吧。于是我手忙脚乱地收拾家伙赶紧出门。出地铁站，农夫下楼接我，说自己就在写字楼上办公，朋友的影视公司给了他一张桌子，节省成本。我笑道："原来你和我一样啊！我在朋友的设计公司，他们也给了我一张小桌子。"

　　上楼落座，茶未泡开便聊起来。说起来我们的经历有些相似，农夫上一份工作是在报社。"因为网络，纸媒受到不小冲击，报社也开始筹建网站、新媒体等平台，这是我的主要工作。在报社工作，没有做编辑、记者的经验似乎不太行，于是只能在一个版块做亲子内容编辑，但终究不是自己喜欢的。在体制内工作，尝试过自我突破，但考虑到环境、能力、性格等因素，觉得比较难，最终还是辞职了。"

农夫并不是找好下家再跳槽的，当时他尚未想好自己要做什么。只是一天在某个网站上看到一幅很小的广告，一个农场招募志愿者，农夫觉得有兴趣，便去参加。这个志愿计划要求至少为期半年，因为这差不多是一个播种周期，但由于已经成家等诸多因素，三个月后他不得不离开。没想到这三个月的农场生活，竟成了农夫的转折点，他结识了许多朋友，了解了一些食材种植的常识，并找到了自己向往的生活。

起初，农夫想开一家小饭馆，开始斟酌起名。当他看到台湾的"食养山房"，健康的食材料理、不急不躁慢慢做一件事情的态度，无不让他心向往之。他出于喜爱和追求天然食材理念，撷取了"食养"二字，因为食材都是亲自寻访得来，他希望能通过食物构建人与人的关系，便又添了"无界"二字。有了名字，农夫和朋友背着帐篷，继续寻访之路。他们不去热门景点，不去城市，专往农村跑，往往是和当地村民借房间，搭帐篷住一宿。农夫把寻访的过程晒在微博上，渐渐有"粉丝"来询问，希望他能帮忙带回这些食材供大家购买，加些车马费也可接受。在一步步的摸索中，开小饭馆的想法逐渐退位，农夫转而在网上开了家食材店。

农夫做"食养无界"比较早，但因为不是设计出身，食材包装、网店设计上力不从心，在各大媒体对此类店铺持续半年的报道热潮中，惨遭"嫌弃"。"如果时间倒退重来一次，我还是会把设计放在靠后一些的位置。"农夫一脸认真，"我觉得现在很多事情是不是已经本末倒置？吃的东西，最本质的是味道，现在的趋势却停留在看的层面，我还是希望客户拿到食材后，能发自内心地感叹，这种食材真的很好吃，并非只是好看。"

店铺赚得不多，但收支平衡，略有盈余，车马费也足够。"其实想想，人真的没有那么大的物质需求，我已经一两年

没买过新衣服了，主要的开销就是路费，我非常喜欢寻访
食材的过程。"

农夫的食材大部分都是在当地所见，看到生产加工过
程再带回来的。比如红茶，到祁门后他挨家挨户找手工制
法的红茶，终于找到一家，采茶、炒茶从头至尾完全手工。"手
工制茶非常费时费力，我在那儿尝试做了一下这个动作。"
农夫向我演示，茶叶在锅中，手掌沿锅底向下，抹入掌心，
双手掌对掌，交错一碾。"茶叶在掌心有六七十度，非常烫，
虽然他们习惯了，掌心有了茧，但依然烫啊。清明前就那
么一段时间，赚不了多少。"这家农户世代制茶，儿子是当
地的农基站站长，也有意留住这门手艺，所以即便赚得不
多，依旧坚持着。农夫给我看寄来的茶样照片："同样的茶叶，
因为制作时天气不同，做的人不同，味道也不一样。最初
都混装在一起，我和他们沟通后便改进了方法。你看每个
袋子上都会标明是哪一天炒制的，儿子炒的还是爸爸炒的，

外面卖的茶叶很难分得这么仔细。"我放大照片，确实日期清楚，有几包还写着"老爸"两个字。因为坚持和细致，这两年这家的红茶一年比一年卖得好，赚得依旧不多，也算在慢慢好转。

预算有限，农夫却很少讲价，一是因为他找到的食材品质好，多为手工制作；二是觉得农民实在太辛苦，比市价高一些也可以接受。但这个想法却遭到同伴反驳，认为他太过理想化，容易被人忽悠。"其实我觉得很简单，"农夫笑道，"确实有农户故意抬价，我知道。但是我真心实意和你合作，你忽悠我第一次，还会忽悠我第二次吗？价格略高，却是最传统的加工工艺，也是值得的。"

"坚持做传统制法的食材很难，因为费事、产量小、赚钱少。有一次我在一个村子里来来回回好几次，只找到一家用椴木种木耳的农户。椴木要三四年换一次，非常麻烦，所以现在大多用碎木屑掺杂其他东西种木耳。要说口感，确实差别不大，味道也只是好一些而已，但营养价值是不一样的。"遗憾的是，因为效益问题，今年这家农户也放弃了椴木种植方法，改种其他作物了。"这确实是没

有办法的事。"

说起这个，农夫无奈又可惜，但他有更理想化的想法：
"我们准备推出'真食物'的概念，真食物就是没有经过化工、
生物技术处理的食物，用最淳朴的方法种植的作物，最天
然的工艺制作的食物。我不反对工业化，但现在人类过度
工业化了，物种变少且伤害土地，甚至我们小时候吃的一
些食材都没有了，因为现在的作物难以留种。我想在未来，
工业化产品占市场百分之八十的份额，而这种'真食物'
占据百分之二十，还有人需要它们，热爱它们，喜爱它们，
这些东西才有可能留传下来。"但农户要考虑生计，他们能
否接受这个概念呢？农夫说，他在慢慢地向他们传递这个
理念，一些农户也逐渐有所思考和接纳。"转型期必定是很
难熬的，就像生病的孩子，一不舒服就用抗生素，但如果
不用，扛一扛过去了，体质还有可能增强，就是这个道理。"

因为店小，名气不算大，农夫有足够的时间去寻访食材，

他并不急于做大，像《寿司之神》那样，一辈子慢慢地认真地做一件事情就够了。现在，他和一些农户建立了长期合作关系，每个月都有一次自己的生态旅行，工作重点依旧是"寻访"。

"因为总住村民家里，吃到了不少好东西。在泾县时，家里老伯一大早便起床生炭，我还好奇：这么热的天老伯你冷啊？起这么早生炭？老伯说，儿子下午回来，要炖排骨汤给他喝。于是用最好的炭，生起一小炉炉火，架上一小口锅，用村里的猪肉，足足炖了四个小时！炖好后汤汁清亮，味道却特别浓郁，我们平时喝的排骨汤简直没法比！下午他儿子回来，就在家门口河里捞一网虾，裹上面粉，油锅里一炸，什么调料都没有，连盐都不加，那个味道真是难以形容，完全就是虾子的鲜味……"我听得出了神，我在农村长大，那种地里摘下水灵灵的蔬果，顿顿都新鲜的回忆立马涌上来。"去的地方多了，才觉得城市里的人活得真是太糙了。"农夫的一句话，也给我的记忆做了番总结。

在偏远的农村找食材，全靠一张嘴问，因此能遇到很多惊喜。比如前面说到的手工红茶，当时一位八十多岁的

老大爷，看他耐心拍照、记录工序看了很久，然后认真地向他讲解起来，后来才知道这是几十年前的老乡长，老乡长很希望能有人把手工红茶的制法记录下来。路途中，农夫吃到了美味的昂刺鱼烧豆腐，美得连吃三天；从家乡的深山中运出了正宗的野桂花蜜；带回了沂蒙山区屋顶上鲜红的干辣椒；在淳朴的农户家里摘蔬果一起做饭；在香港大屿山露营；在台湾拜访小而美的店主；用大行李箱拖回在台湾品尝鉴定过的美食；五湖四海交朋友……当然也有扑空的时候，带着妻子去宁安找山核桃那次两人失望而归，因为找遍了，也没有一家生产传统制法的天然山核桃。

农夫很享受寻访的过程，特别喜欢坐乡村的小巴士，两侧的窗户打开，路边油菜花盛开，空气清新，小巴士像电影中那样顶上放着行李，仿佛置身画中，便不觉得辛苦了。因为农夫，本不爱旅行的妻子也改变了看法，选择旅行的方式比他还坚决。今年，农夫和妻子将迎来家中的新成员，两人约定，等孩子稍大一点，就带他出去看世界。两人甚至考虑到农场买一块地，种植作物。除了打理小店，农夫也希望能在寻访食材的过程中，搜集整理一本食经，记录下手工红茶的制法，记录下妈妈做的大麦酱，记录下阿美族奶奶手工熏制的飞鱼……

　　"这些东西，真的不能丢掉啊！"

　　* 本文图片由受访者提供。

南京农夫，食材寻访者

如同一位食物的侦探，搜罗所有线索只为找寻深藏市井的美味。他说：食物的本质是味道。我不急于做大，更想一辈子认真做一件事。

针灸师的十几年

火罐

　　要感谢前一位受访者南京农夫的信任，他觉得我在认真做这件事，便将孙晓煳介绍给我，她从十几岁开始学中医，坚持到现在，终于算做到了兴趣和工作的平衡，有了自己的小医馆。我一听有了兴趣，十几岁便知道自己喜欢做什么，是很幸福的吧？少浪费了多少时间啊！

　　约好时间，隔天一大早便到了孙晓煳位于三十六楼的医馆。房间里基本看不到私人物品，晓煳说，每次搬家三个箱子就够了，两件衣服够换就行。换了鞋，她便坐在大落地窗前做药棉。"药棉用完了，趁早上没人的时候赶紧做点。"她显得有点拘谨，一直带着笑意的脸牵起一片小雀斑，显得更害羞了些。

我一出口便是自己最感兴趣的问题："听说你十几岁就开始学中医？"她连忙解释："没有没有，没那么夸张，只是那时候开始感兴趣。"十几岁对中医感兴趣，不知是有什么渊源，得到的答案却异常简单："当时几个同学一起聊天，畅想以后各自的职业。有说干这个的，有说干那个的，我脑子一热说我要当中医！完全是突发奇想。"当时，孙爸爸身体不太好，晓烜越来越觉得，学医不错啊，能帮家里人看看，大学时毫无悬念地读了这个专业。我问："大学时你是那种很刻苦的学生吗？因为你喜欢这个专业啊。"晓烜熟练地捏着棉球："不刻苦，就求不挂科。而且老师讲的东西，课上我就能记住，也没有太多值得刻苦的。"不过接下来的经历，离我预想的"幸福"似乎远了点。

大学毕业后，晓烜觉得只是学了些皮毛，并未真正了解中医，于是开始了六年漫长的拜师求学路，去了不同地方，跟了不同师父。"当学徒是很辛苦的。每天抓药、熬药，有时候上山采药，没有工资，还要给老师钱。毕业几年都不见效益，周围的同龄人结婚的，有孩子的，买房的……自己还是一个人，没有收入，非常痛苦，差点就不想干了。我和我爸说，我要出去干活儿赚钱了。他对我说：干这行，前几年别想着赚钱，我们养你。很感谢父母的支持，那六年吃、住、学费都是家里提供，我则舍不得吃、舍不得穿，毕竟不是自己的钱，心里挺有压力。"晓烨托人拜了一位西安的老中医为师，成了他的关门弟子，说起学医的日子确实辛苦，很多客人从外地来，药一拿就是一麻袋，一天只做抓药这一件事，从早上一直干到晚上十二点。"有时候不光抓药，还要熬药，也得到大半夜，但是特别开心。采药、整理、配药，熬好药给病人，虽然不是为自己做的，可经过自己的劳动打理得井井有条，很有成就感。"

今年是开医馆的第四年，起初，晓烨是去苏州看朋友，觉得南方不错，便决定找中医相关的工作，没干两天，老板说苏州的分店要撤掉，总部在南京，先去那儿干半年再回来吧，于是机缘巧合到了当时一个熟人都没有的南京。一天早晨，老板突然对大家说："我不干了，破产了，你们明天别来上班了。"一切就像电视剧里演的那么突然，所有人傻了眼，于是有人建议："小孙你自己干吧，我们都来。"既然大家这么说，那就自己干吧。她第二天便托朋友找到了房子，就这样开了业。一年后晓烟才告诉家里，家里人觉得也不错。

门铃声打断了谈话，有病人来针灸。夫妻二人进门如同到老友家，男的自行躺好，晓烟手法娴熟，没来得及拍照，穴位上便纷纷立起银针。"我要是扎得慢他就疼啦。"如此娴熟的手法，要感谢做学徒的经历。"学徒时，有时一天要扎一百多人，一分钟一个，那时候觉得自己不是大夫，而是扎针机器，都麻木了。但是要感谢那些日子，现在才可以这么熟练。"

不时有病人上门，扎针的时间一般一两分钟，其间偶尔行针，半小时后再拔针，大家都亲切地叫她老孙，从最近的身体状况到家长里短，我完全插不上话。老孙笑："时间久了，大家都像朋友一样。"电话也响个不停，有问药的，有问身体状况的，还有咨询家里人过世要怎么念经的……我打趣："你还兼职家庭医生啊？"老孙说："每天回微信回得累死，走路崴脚、吃饭嘴上烫了泡、家里亲戚生病，都靠遥控指挥，没办法，这也是工作之一。"我问她，每天听这么多人说话不会烦吗？她略带疲惫："有的人就是来发泄的，不让他说还不得憋死。"想起刚才她和病人的对话，开导那位姑娘：有情绪要发泄，爬山郊游的时候想喊就喊，发泄完就好了，再看看面前视野开阔的大窗，不禁问："你是特意选了这个视野开阔的地方吗？"晓烟答："是的，看着舒服，心情好。"

好在今天病人不多，拘谨感慢慢消散。午饭时才知道，因为信佛，晓烟全素食已经一年了，每天在家自己烧饭，很少出去吃，清炒苦瓜便是她的家常菜。我感慨："你果然很养生啊！"晓烟告诉我，家里人都很注重养生，从小爸爸就规定，什么时候吃什么，什么能吃，什么不能吃。这样小孩不会觉得少了很多乐趣吗？晓烟却带着理所当然的表情："不会啊，我们有自己的乐趣，很多的。"这种养生的习惯也"波及"来针灸的客人，晓烟会监督他们，注意饮食，不许晚睡。"很多来调理的都是年轻的女孩，睡觉晚，吃饭作息不规律。来这儿的都是比较注重自己健康状况的，比较听话，生活习惯都调过来了。"难怪每个进门的人都自觉汇报最近身体如何、有没有熬夜。我也咨询了些健康问题，晓烟毫不客气："你睡这么晚，不是自己作死嘛！"也许就是这种带着些拘谨的豪爽，使每个人都愿意和她聊天。听完别人倾诉，她自己的时间便用来打理家中的花花草草。"以前我特别不喜欢种花，看我爸一个大男人整天弄那些花花草草，不明白为什么。后来，一个人住才慢慢发现其中的乐趣，看到它们发芽会特别兴奋。"她指指盆里，"知道这两棵是什么吗？"我摇摇头。"三七，长大了可以当菜吃。紫金山、栖霞山上有不少药材，都是宝贝。"

下午三点，暂时没有病人，忙碌大半天的晓烟已十分疲惫，拿过蒲团，准备打坐。"一天到晚帮人针灸，病气会通过针传导，所以要打坐。"她经常靠打坐舒缓压力，还建议说："你也可以试试，很舒服的。"她自顾盘起腿，手结定印于脐下，闭眼，脊直，仿佛我不存在，立刻静在自己的心境里。可惜还未结束，门铃又响了起来。

　　其实晓烟不算小了，三十已过，仍过着潇洒的单身生活。去西安做学徒时，有两个男孩在等她，她觉得不用着急，学成归来再说，结果人家等不了，都成了家。晓烟聊起这事的豪爽表情，似乎在说一个和自己不相关的人。"缘分没到吧，不用着急，自会安排一个适合你的人，如果没有，这样也挺好。"平时她会和那些成为朋友的客人一起爬山、去寺庙上课、郊游徒步，但是最头疼去逛街。

　　我问她，这么多年，现在对中医依旧保持着兴趣吗？晓烟回答："不喜欢就不会坚持到现在。这行赚钱少，收益来得慢，所以学中医的人越来越少，如果家里不支持，根本干不了。我们班做本行的很少，做针灸的只有我一个。"

　　"一切都是机缘巧合。""机缘巧合"成了这次采访的高频词汇，按晓烟的说法，能量都是守恒的，不用着急。有人得到这些，有人得到那些，总会遇到最适合自己的机会。

晓烑说自己不是名人，也没什么励志的故事，就是普普通通过自己的生活。她可能是我遇到的最随遇而安的人，选专业、当学徒、找工作、自己创业……十几年，这些人生的重大决定，她说得像去菜场买菜般轻松，细思之下，其实她对自己走的每一步都很清晰。就如晓烑所说："不用为自己做的决定后悔，欲念不那么多，就少了很多烦恼。机缘巧合，凡事都会遇到适合自己的。"

艾条

孙晓烑，针灸师

吃素、打坐、养花草，年少时随口一提的职业，让她付出十几年不间断的辛苦学习。她说：我不是名人，也没有励志故事，只是普普通通过自己的生活。

在城市里手造器物

　　张老师说我是第四个能自己找到工作室的人。其实我一路问过来，确实有点难找。他的手艺工作室藏在一间略显简陋的厂房里，没有招牌。一到门口，那只名叫小九的小黑狗就热情地扑上来。

　　九十平方米的厂房里，各类土、釉、工具，以及架子上大大小小的半成品，乱中有序地摆放着，气窑半掩着门，里面已经放置了不少待烧的器具。还没聊几句陶艺，张老师就兴奋地告诉我，屋外是他们夫妇俩种的三分小菜地，我跑出去看，葡萄秧、辣椒苗在初夏的微风里摆动。张老师说他自小生活在农村，喜欢这些，租这间厂房就是看中了后面这块小园子，因为他一直觉得，有个院子才算是家。在学校，他还与同事把院里的一小块地开垦出来，搭了葡萄架。前两天，栽种的黄瓜结果了，几个人高兴地一人啃一口："自己种的就是不一样，那味道特别清香！"

张老师大学四年学的就是陶瓷专业，报专业时根本不了解，却越学越喜欢，毕业后便被推荐到艺校做陶瓷专业的老师。谈及这份热情，张老师却说答案很简单："有成就感，能做出实实在在的东西。"我感慨他的幸运，这么早就找到了兴趣所在，并且有机会一直从事喜欢的行当，张老师笑笑："如果对金钱没有太多要求，现在的生活状态确实算比较满意了。"每周一至周五，张老师去学校上课，下班后便和太太一起到工作室工作、照顾菜园，以及喂小九。

张老师的太太——珍珍，还在读研究生，九〇后，专业也跟陶瓷有关，她学陶艺的理由更简单：因为不想整天对着电脑。有一次上现代手工艺课，珍珍突然发觉自己很喜欢动手做东西的感觉，能静下心来，并且愿意去做，于

是多个专业摆在面前，她稍加考虑便选了陶艺，也是那届第一个选择这个专业的学生。"现在看来，选择还是对的！"珍珍总是笑意盈盈。

去年两人结了婚，便一起打理工作室，学校、门店、厂房三头跑。他们待在工作室的时间比在家还长，平时很少上网、看电视、逛街，一到周末，更是全天都耗在这儿。"如果有地方睡觉，我都想住在这儿。"

今天是工作室第一炉正烧，我很幸运地看到了烧窑的过程。张老师的手一刻不停，一会儿细心地给壶盖涂氧化铝，一会儿清理壶口的釉，说话间便准备好了喷釉的工具，要给即将入窑的几款器具施釉。喷釉在室外进行，张老师拎着几桶不同颜色的釉告诉我，这些都是他们夫妻俩自己配的，成分、比例稍有不同，效果就不一样，桶中釉的颜色和烧制出的颜色也有很大差别。张老师转动手里的转盘，用小喷壶均匀喷涂器皿周身："施釉有很多方法，现在用的是喷釉，还有荡釉、淋釉、浸釉等等。淋釉是把釉淋上去，浸釉是将器皿直接浸在里面，比喷釉快，但也讲究手法。"周而复始、沉稳细致地喷完釉，每个茶壶、杯子还有起底的程序，用海绵将底部一圈的釉擦拭干净，同时也避免烧制时粘黏。"所以陶瓷干的都是细活儿。"张老师拿过一桶釉，将手中的杯子倒置，缓缓浸入釉中，再稳稳地上提，猛地一抖，还未看清，浸釉便完成了。因为是倒置，最后的一震使釉回到杯子底部，更加均匀。这个手法是从学长那里学到的，张老师再教给学生，看似简单，也要反复练习。

一个上午，张老师一直忙里忙外，他说他喜欢干活儿，人必须劳动才过得健康，所以特别喜欢待在工作室，只要在这儿就不会没活儿干。说着话，他又开始修补成品的瑕疵。我很是好奇，像这样磨平壶身的突起，可以修补得没有一丝痕迹吗？张老师告诉我，打磨过后会再上一次釉、烧一次窑，壶身的釉再次相融，便没有缝隙。

看了这些琐碎的工序，我切身体会到张老师的话——每道工序都有风险。除了器皿易碎，釉上得好不好会影响成品的颜色及质感，过程中产生杂质、气泡，表面就会不平整，需要再次修补、烧窑。因此一般先进行一次素烧，也就是温度在九百度左右的烧制，然后再上釉。经过素烧的器皿，如果不满意上釉效果，可以清理干净再来一遍，很方便；烧制温度也会影响成品率，无论再怎么小心，每一窑都不能避免损耗，每次都要做好心理准备。

忙忙碌碌一上午，吃过午饭，准备点火烧窑了。张老师小心翼翼地调整器皿的位置，争取能多放一些。在烧窑之前还有一个步骤——放置温锥。张老师从小盒子中拿出八根冰棍棒似的小棍，斜插在两块陶土上，周围截了很多小洞。"温锥是用来观测温度的，电子温度计的温度和炉内温度有差别。不同型号的温锥代表不同的温度，达到某个温度，相应的温锥便倒下，从观火口观测温锥，就可以比较准确地了解窑里的实际温度了。"在上下层各放好一排温锥，装窑才算完成。工作室烧的是气窑，温度到达六十度时，张老师用纸引燃点火，通过调节阀门控制火势，温度以每小时一百多度的速度攀升，待四百度时，彻底关紧窑门，大致烧十小时再冷却一天，才能打开窑门出窑，看到成品。

张老师利用烧窑的空当，对之前一批已成形的茶壶修坯、挖足。转动转盘，用刀旋削，修正形状，挖出碗底、壶底的圈足等，力道掌握不好，便会因为离心力跑偏。因为长时间身体前倾，聚精会神，很多做陶艺的人都会落下腰不好的职业病。

难得片刻休息，张老师用自己制作的茶具泡了茶，我们才算正式坐在桌边有了一段完整的谈话。张老师从小喜欢动手，比如削木头枪、做点木匠活儿，这些小手艺也用到了陶艺中，我们喝茶的那把壶的木把就是他自己做的。"我对所有手工艺都有兴趣，都想尝试。"也因为这个，张老师结交了不少手工艺人朋友，比如壶钮就有朋友做的银器、铜器，他还和同事尝试过结合漆器和陶艺——全漆的器皿，往往只用来装冷食，外漆内釉则增加了耐热性，可以装热腾腾的食物，这项技术正在申请专利，他们为此付出了不少辛苦。"现在用的都是植物漆，其实是安全无毒的，但皮

肤接触到会有反应。我第一次做漆时，胳膊肿得打不了弯，大夏天的特别痒，又不敢挠，只能拿冰块敷。现在也是，手指有点肿有点痒。做漆就是这样，很少有人不过敏，但不会因为怕过敏就不做了。"

去年十月刚来时厂房里什么都没有，当时张老师手指受伤做不了陶艺，只好慢慢打理，学生、同事、朋友都来帮忙，粉刷墙壁，布水布电，从学校、江宁连捡带收，放置了些旧的桌椅柜子，又定制了些家具，到这年三月，才正式启用。此外，他们还有一家小店，售卖自己的作品，目前房租等开销不成问题。

我问他，为何叫作"九分手艺"？九分不是未满吗？张老师答："刚开始想以此表达谦虚的态度，陶瓷这门课一辈子也学不完。后来很多顾客赋予了'九分'一些独特的见解，比如九分手艺，剩下一分留给大家去揣摩想象，也很不错。"是否会觉得商业与艺术相矛盾？在这方面，九分手艺似乎平衡得不错，因为不是做定制，而是按照自己的风格和感觉制作，有顾客赏识愿意购买，最好不过，如果没有就自己先留着。我观察一天，也琢磨了一下九分手艺的风格：壶身周正圆润，壶嘴较短，身形不大，精致小巧。张老师笑道："我比较喜欢这种形状，看着讨喜，但从工艺上来说比较复杂。"或许是因为偏好自然朴实的质感，目前作品并不"曲高和寡"，放在其他地方售卖，也会有顾客认出是出自九分手艺之手。

珍珍说张老师是个闲不住的人，连着两个暑假都奉献给了学校，带着学生修建柴窑。"正是特别热的时候，每天和同事、学生去学校建柴窑，很辛苦，但是也挺好玩的。有学姐帮忙每天送三餐，煮粥煮绿豆汤，枣子桂圆弄得漂漂亮亮，现在学校的柴窑已经投入使用，希望今年暑假是属于我们的，要抽空做一些自己的作品。"张老师计划做自己的装置展览，所以这个暑假很关键，要尝试做新作品。珍珍则计划将设计重点放在日用器具上，两人风格不同，能让九分手艺的作品更加丰富。

张老师其实和许多手艺人想法差不多，"我希望自己只做创作、技术和产品，其他事情实在没精力，所以希望还是能有个团队，这样我就可以专注做陶艺啦！"

傍晚六点多，珍珍拎着从市场买的菜到了工作室，锅碗瓢盆叮叮咚咚，马上有了居家的氛围，随着"滋啦滋啦"的炒菜声，一盘青椒炒肉出锅了，忘了按电饭锅的煮饭键，也丝毫没有影响大家的兴致。搬张老桌子到大树下，饭菜上桌，小九围着桌边、菜园打转，恍惚间忘记身在闹市。吃了饭喝了汤，吹着夏夜不小的风，珍珍感慨一句："好幸福呀！"

吃饭时张老师不时起身去看窑，时刻把握火候："工厂批量生产为了节省成本，温度把控得没有那么严格。但我们一定会达到要求的温度，这一窑估计要烧到晚上十一二点。"七八点，窑中开始了还原反应，一条有力的火舌窜出观火口，珍珍笑道："下次我们可以用这火烧烤，在学校时就这么做过。"

珍珍说："我们现在没有太多钱，每天惦记着还房贷、工作室、门店的房租，但目前还负担得起，就像张老师说的，用自己做的东西，一天三顿茶饭，一顿都不少，挺满足了！"对于日后的生活，张老师也有过畅想："希望四十岁时能让自己退休，去乡下种一块地，边种地边做陶艺，那就太好了！"

第二天晚上，去看出窑的成品。前一日了解到一件器皿从土到成形要经过二十几道工序，所以心里十分期待！我拎了甜瓜和提子，进门正赶上他们和朋友吃蛋糕，才知道是珍珍的生日。成品已经出窑，大家像挑礼物似的各挑一件来喝茶。张老师和珍珍会选一些成品使用一段时间，这样才能了解器皿的使用感受，知道下次有什么地方需要改进。遗憾错过了出窑那一刻，一定很兴奋吧？珍珍说张老师做了八年陶艺，到现在每次出窑依然会非常兴奋，不过这次是她和朋友出的窑，拿出一件便忍不住再拿第二件。张老师开玩笑地嚷嚷："你们竟然背着我出窑！"

洗了一些提子放在刚出窑的盘子里，带着水汽的水果和盘子都那么惹人怜爱，一件日常小事也让人无比喜悦！生日的气氛和出窑的兴奋交织在厂房内，闷热的天气轰进来几只蜻蜓，小九懒懒地趴在地上，不知是不是安稳地睡着了……

一团泥，拥有来自土地最拙朴的气息。陶艺仿佛是用双手和心里的美感对一团泥施展的魔术，不是赋予新生的过程，更像一场唤醒的仪式。望着一桌子出窑的器皿，眼花缭乱，看什么都好，每人挑选一两件品评，围坐桌边喝茶聊天。要不是采访完走在大街上，车来车往、灯光闪烁，我已然忘记了自己身处都市。张老师和珍珍在城市里开辟了一个空间，实践着心中的田园理想。和踏踏实实的人谈人生理想，突然觉得原来"人生理想"这四个字并不是那么虚无缥缈啊！

张老师
陶瓷专业教师、"九分手艺"主理人

从陶瓷专业学生到陶瓷专业老师，他只做创作与技术相关的事。他说：这份热情源于成就感，能做出实实在在的东西。

油彩

化妆用品

一曲婉转行腔

　　和王老师联系时他正在跟进"昆曲回家乡"的活动，于是约好月底采访，再次联系时，他又马不停蹄地去了苏州观摩学习。就这样，两个月过去了，没想到王老师还记得采访之约，第三次沟通时恰逢次日剧院为周六的演出进行响排，于是第二天一早我便到了兰苑。

　　关于昆曲，我只是在电影《游园惊梦》中被惊艳了一把，翠花一开腔，那悠远软糯的调子，即是我对它的全部所知。兰苑静幽幽地避世于朝天宫一角，无数次路过，却从未进去过。在对昆曲一无所知的我看来，那里好像另一个次元。木制的大门，高高的门槛，悄悄瞥一眼，不免想象里面是怎样一番光景：描眉画目，脂粉香膏，玲珑身段，刀枪细软……所有猜想都很模糊，仅限于电视上戏班剧团的零碎片段。那陌生、平时不可窥见、显得无比神秘的后台，也充满无限的吸引力。我拘谨又有些敬畏地跨入晨间兰苑，南京连日阴云，苑内草木皆带着几分潮湿的明艳，木制的屋舍回廊，明伦堂正立，后来才知道，这偌大的一间不是剧院，而是后台。

在办公室见到王老师，豪爽热情地招呼完才打消了心里的几分拘谨，来不及多聊，便随他步入回廊到排练室，放下茶杯，即刻开练。兰苑每周六晚都有演出，此刻正在排《绣襦记·打子》。本周要演父亲打子一出，王老师饰演儿子郑元和。这场戏情绪起伏大、动作较多，三个人的戏，一招一式都须一一确定，乐队指挥在旁一手拿谱一手执笔，嘴里打着节奏，商定最后的乐队细节，一场排练下来，每个人都满头大汗。院里两个排练厅，按顺序一班排完另一班用，王老师的排练结束后即刻转战戏台，和乐队一起再

来一次响排，排练室则立刻被现在当红的年轻昆曲演员单
雯和施夏明征用。

᠆᠆᠆

　　台上正在排一出武戏，旌旗摇曳，刀光剑影，单雯的
父亲单晓明也在其中认真排演。终于捞得小小的空当，和
王老师交流一二。王老师从事昆曲表演已三十年，小时候
在宣传队，一九七八年不到十一岁时被选中，离家学戏，
开始住校生活，每日早起练功，唱、念、做、打，还要学
化妆，相比之下文化课比重较小，只用学习语文、英语、
历史、地理。我笑说，你们真幸福，不用学数学呀！王老
师说那代老师刚刚经历动荡十年，文化复苏，都怕这门艺
术消失，所以教学特别认真。那时王老师认真好学，老师
也乐得开小灶，好像人人都有一份责任感，觉得必须做好。
不过由于长期训练演出，身体有了损伤，颈椎、腰椎、膝
盖都不太好，胃也有些毛病——一般演出前不能进食，否
则对气息有影响，还会增加打嗝的几率，演完了，鲜花掌

声难免让人兴奋，大家再一起吃吃喝喝，对肠胃实在不好。学习了一年后，王老师便迎来了第一次登台的机会，没有紧张不安，而是满腔的兴奋。

回想起从业前二十年，王老师多少有些被荒废的感觉，因为大环境不够好，那时昆曲鲜有人欣赏，作为一个演员没有多少演出的机会，既无奈又痛苦。最近十年，昆曲才真正有了起色。二〇〇一年，昆曲被授予"人类口头和非物质遗产代表作"称号，二〇〇四年前后，剧团迎来了改制，正式成为企业，很多人不满、不理解，但王老师说，自己算是改制的受益人。

改制是把双刃剑，让昆曲逐渐被更多人了解和接受，演员依据演出的质量和数量得到报酬，促进了大家的积极性，同时操心也更多了。当时，有位戏迷来看戏，偶然间在后台看到年轻的演员，一头大汗，十分辛苦，便好奇问了一句："小伙子，你们这么辛苦，一个月能拿到多少钱啊？"得知答案后，这位戏迷很是吃惊，没想到他们付出这么多时间和体力，得到的报酬却这么少，于是他自行拿出一笔钱，买戏票免费派发给愿意听戏的朋友，以此表示支持。这个举动竟然成了一个契机，刚开始来听戏的都是老年朋友，后来年轻人日益增多，兰苑每周六的演出便固定下来，越来越多人知道，只要周六来兰苑，便能听得一曲婉转行腔，悠远念白。现在，全国各地的戏迷都特地赶来听戏，每周六的演出，也以影像形式实时在"环球昆曲在线"直播给广大的昆曲爱好者。

未及说完，王老师便上台继续排练，鼓板交错，曲笛弦动，三人在台上来来回回，磨合每一个动作，不禁让人格外期待后天的演出。中午排练结束，王老师抹抹头上的汗，热情地招呼我到办公室谈天。没想到眼前这位亲和的副院长、台上把穷生演得穷且艰的昆曲演员、文华导演奖获得者，也有过艰辛灰暗的时刻。舞台是个名利场，各类磕绊摩擦、种种压力都不可避免。因为事事力求完美，无形中给了自己很大压力，王老师一度焦虑抑郁，甚至几天不出门，需要药物调理。由于希望能有更多的人了解昆曲，也愿意和大家分享，像"昆曲回家乡""昆曲进校园"等活动，王老师都在积极推进，但过程中难免遇到一些让人失落的事情，有不理解的，甚至有人认为现在谁还听昆曲啊！让人无奈。

中午，王老师带我去他常去的一家面馆。他说："别看我是苏州人，但是性子更像北方人，喜欢吃面、吃辣，不在家做饭的时候我就来这面馆。"也许因为是用餐时间，话题也随意起来，好奇之下我不禁问道，难道就唱一辈子戏，没想过做其他职业吗？没想到还真问着了，王老师曾想尝试做些小生意，但是性情大方，动不动就送人，实在不适合经商，还是老老实实唱戏吧！后来做了导演，对演戏更有帮助了，一场戏了解剧本、深入人物性格、统筹安排……让他对自己要求更加苛刻，对昆曲这门艺术更加尊敬。一项工作，如果某个人胜任不了，即使他和自己关系好也坚决不会任用；要是平时和自己有过节的人能完成得很好，那就一定要用。也许正是因为这种铁面无私，甚至不近人情的做法，才能获得文华奖的肯定。

我问王老师，你有这么多身份：昆剧院副院长、文华

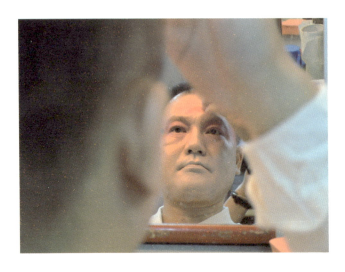

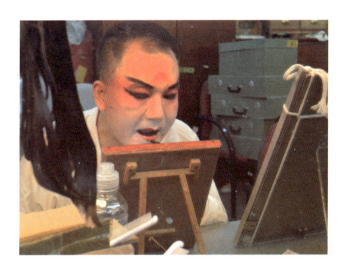

导演奖得主、昆曲小生，自己偏爱哪一个呢？王老师回答得干脆："最让我心安的身份就是昆曲演员。舞台是个名利场，免不了纷争。当大家都有戏演，每天都忙着排练的时候，会发现相处都很和谐，都在想怎么把戏演好，其他的事也无暇顾及了。我希望，以后能做老师教学，唱一辈子就好，相比之下，也更喜欢别人称呼我王老师。"

周六晚上七点，兰苑演出。

王老师的戏份在七点半左右，提前一个多小时便开始准备。后台脂粉香膏，大家乱中有序各尽其责。第一次看到这么多男性泰然自若地描眉画眼，竟觉得他们手拿眉笔对镜梳妆的情景如此唯美，没有半分娘气，反而更加英武。王老师边化妆边向我讲解，化妆一般有三个步骤：打底、定妆、彩妆，都由演员自己完成，勒头、服饰等则需要专人帮忙。他笑着介绍身边一位正在忙碌的老师："这是我师姐，从昆曲演员转行当了化妆师。"因为每次演出卸了油彩后皮肤都会过敏红肿，实在受不了，现在改了行也挺好。对油彩过敏的人很多，有的转行，有的可能彻底离开了舞台。昆曲的妆容讲求俊美，王老师演的是穷生，他曾想突出穷生的落魄，特意将印堂上那抹红淡化，可老师和他探讨，昆曲舞台上美是第一位的，主人公的情绪则要用表演突出，王老师思忖一番，认为确实有道理。台上台下每个细节都需要细细琢磨，方能品出味来。

化完妆，便是第二步换服装。转战工作间，整排整排的衣柜里各式衣衫叠放成堆。服装颇为考究，绝大部分为手绣不能水洗，而是用喷壶灌二锅头喷洒清洁。演员贴身穿的水衣，吸汗力极强，也是为了避免弄脏外面的衣衫。每次表演前都有专人负责各演员的衣物配饰。如果外出演出，小到一条衣带，大到外衣，更是不能出错。"按以前的规矩，每件衣服后面都要写明，'宁穿破，不穿错'。但现在很多讲究没那么严格了。"

第三步勒头。用力将网巾带子扎紧，同时借着这股力道吊眼睛，凤眼使人物看起来更加俊朗。作为旁观者不禁担心，这一扎疼吗？王老师说，从小训练已经感觉不到疼了，只是时间长了难免有些难受。旦角处理发式须贴片子，用的时间会相对更长一些。

最后换上所有行头，等待上台的同时要做热身，尤其是武戏演员，必须活动开筋骨。说话间王老师和配戏的龙套演员便在明伦堂牌匾下开嗓活动起来，我也终于明白，为何后台如此之大，比剧院都大。

趁这个空当幸运地见到了另一位当红的年轻昆曲演员罗晨雪。剧团里多为苏州人，罗晨雪是为数不多的南京本地人，因受唱京剧的姐姐影响，进入了昆曲行当。二〇一二年，罗晨雪去了上海市昆剧团，虽距离不远却难得回来一次。后台的师弟们热络地与师姐打招呼，她也恭敬地和各位老师寒暄。王老师见缝插针询问后辈近况，让我赶紧拍一张合照，以后这种带妆合照的机会怕是越来越少。我问，现在还像以前一样很看重辈分吗？她回答："梨园行当十分讲究辈分，前辈们都是老师，我也觉得必须要尊敬。”

临近上台，罗晨雪问："王老师您的杯子呢？喝水吗？"王老师摆摆手，去后台候场时边走边向我解释："按道理上场前是不能说话的，照以前，如果是个角儿，上台前站在那闭目想戏，有专人或学生伺候茶水，现在没那么讲究了。今天例外，有采访任务，这场戏我也很熟，话说多了点。"幕布旁，王老师稍稍闭目，等待上场，台下一百多个座位座无虚席。伴着一声悠远调子，今天的演出开始了。一个落魄书生，面对父亲的担惊受怕、挨打的哀号、最后被杖毙，整出戏基本是半跪着完成，想必膝上的一对防护，也只能起些微薄的作用吧。

下台开始卸妆，我听不懂苏州话，但大致明白是在和勒头的小哥交流刚才台上的小意外，一个用力的甩头动作，帽子掉了，台上演员赶紧配合，找准时机重新整理戴上。一场演出，从挖掘、整理剧本到登台，环环相扣：立项，分配角色，乐队见面（主鼓、主笛），粗排时对台词、背台词、练唱、背唱，搭架子设计走台、动作等细节……从草排时演员到齐、乐队加入、舞美加入，到响排时全体到位、舞美坐台下看细节，再到最后合成彩排，用王老师的话说："没有一个人、一个部门是不重要的，只有排练到位、有足够的默契，才能处理好台上的各种突发状况。"

卸妆完毕，结束了一天的工作，兰苑内地灯亮起，盛夏时节的夜晚，竟迎来徐徐的凉风。也许明天会是个凉爽的周日，但对昆曲演员来说没有周末、过节的概念，一切视演出而定。

⚘

"只有十分努力，你才能看起来毫不费力。"这句话放在戏曲演员身上再合适不过，台上的刹那芳华、明艳动人，需要台下无数次的练习，舞台让他们获得了肯定，甚至些许虚荣，也因为舞台，他们在童年便吃得万般辛苦。

昆曲班二十年招生一次，全国专业昆曲演员不超过八百人，王老师有担心、焦虑，但也保持着乐观的态度。他喜欢在网上和大家交流，喜欢和戏迷切磋，这么多年依然讲究细节。鲜花、掌声、名利终会散去，一些不起眼的

小固执却默默扎根心底，一曲婉转行腔，唱尽台上百般人生，最终汇聚成自己的那一段：值得就好。

希望兰苑的悠远唱腔，能一直在这座城市的一角缱绻。

王斌
昆曲小生、昆剧院副院长

唱腔婉转、念白儒雅，他在昆曲中一沉三十年，但舞台是个名利场，难免纷争磕绊。他说：最让我安心的身份是昆曲演员，唱一辈子就好。

一份冰激凌的诞生

　　自从工作室对面店铺围起围挡，我们就一直猜测究竟是家什么店，万万没想到，秋凉时分居然开起一家冰激凌店。看到门口亮起的冰激凌标识灯，想想南京短暂的秋天，操心地揣测：这家店能熬过漫长的冬天吗？

　　去年十一月，我们小小的工作室开业，晚上一伙人开始热火朝天的关东煮之夜，小伙伴去对面捧了一份冰激凌回来，几步路的工夫就忘了点的是什么口味，我们一边品尝一边猜测，口味新奇，答案自然也五花八门，有人咂咂嘴道："开心果，我觉得味道像开心果。"买冰激凌的伙伴一拍大腿："对对，就是开心果！"

整个冬季，每天到工作室都能看见对面亮灯开门，去过的朋友陆续带来只言片语："好吃""老板专门去国外学习过""老板挺帅的"。天气渐暖，有朋友傍晚散步在对面买了冰激凌来工作室小坐，作为一个爱吃冰激凌的人，我突然意识到，好像从未思考过冰激凌是如何做出来的，探访幕后的好奇心又开始激荡。

冰激凌店的门头是一串不认识的字母，老板王鑫正在柜台后忙碌，说起话来字正腔圆，似乎是自来熟，说明来意后，我小心询问制作过程是否要保密，老板笑意盈盈："不保密不保密，都可以看。"

❧

成为冰激凌店老板之前，王鑫是研发汽车零部件的技术人员。很多人把开咖啡馆、甜品店当作所谓的"梦想"，王鑫则不同，他爱琢磨汽车、飞机，很喜欢自己的工作，但因为大部分时间在上海，只有周末可以回家，孩子即将出生，他不得不重新规划未来。同类工作，南京和上海的薪资相差很大，多方权衡，不如自己做些事。"其实工作之外，我的爱好是做饭，好像还挺有天赋，吃过的东西不需要食谱，基本都能做出来，特别喜欢逛菜场。"寒冬时，王鑫发现自己对大家冬日食冰的情况估计得过于乐观，于是发挥厨艺特长，推出了肉酱千层面的定制服务，以此撑过淡季，近来春光乍暖，仍有客人来定肉酱千层面。

然而，开饭店没有成为他的第一选择，因为王鑫知道，做熟食实在过于麻烦，于是他想起自己的意大利之行。他喜欢意大利，去过很多次，曾经沐浴在托斯卡纳的艳阳下，租套小屋，和妻子在那里住了一个月。不急着旅行看景点，每日就像当地人一样，在街上走走，和当地人聊天。意大利的冰激凌给他留下了很不错的印象，不喝牛奶的他对黑巧克力冰激凌情有独钟。做冰激凌看起来操作简单，不需要太多人力，自己一个人也应付得来，做了决定后，还没离职，王鑫就在网上联系好老师，利用假期飞往意大利开始学习冰激凌制作。学成后他回到南京，从找到店面至开业，不过一两个月的时间。"我做好决定，就会立即行动，不想一直拖着。"

冰激凌店店名叫"奥尔恰"，奥尔恰是地名，位于意大利中部托斯卡纳大区锡耶纳省，王鑫很喜欢那里小镇的感觉，所以店铺 logo 的设计灵感来源于当地风景，店里也挂着托斯卡纳的地图。

辞掉了兴趣使然的工作，称不上兴趣的做冰激凌反而成了自己的事业。成了冰激凌店老板，王鑫将自己的全部积蓄投了进去，机器、酱料都从国外购入；一台冰激凌机的价格抵得上一辆汽车；一罐二点二千克的开心果原浆只够做十大盒冰激凌却需几千元，一般小店不可能有如此昂贵的配置。开心果冰激凌是意大利传统口味，成本高却不赚钱，但王鑫还是决定保留，当成店里的特色。"开心果原浆是纯开心果烘焙制成的，只在本地市场买水果，其他原料都从国外买，原料和机器一定要好。"因为没有多余的添

加剂，店里的冰激凌热量低，脂肪含量只有百分之六左右。

ぷ

　　冰激凌的制作过程没有想象中那么浪漫，有点像做实验，听到的是各种数据，用到的是带刻度的容器和各种数据机器。"在意大利，冰激凌店的操作间不叫操作间，而是实验室。其实做起来并不难，关键要懂得原理。配方没有定式，可以根据口味、时令随时调整或创新，原料和机器很重要。"巧的是在店里兼职的姑娘小刘是化学专业的在校生，我问她做冰激凌好玩吗，她说和做实验差不多，只不过做冰激凌一定会有结果呈现出来，做实验就不一定了。王老板自己评价道："其实挺枯燥的。"而看似枯燥刻板的制作过程，又需要制作者带着些激情和灵感，发挥无穷想象，借助类似做实验的手法，创造出无限的口味。享用冰激凌的过程充满了感性体验，你甚至可能和制作者一样，在一份冰激凌中感受到托斯卡纳的艳阳。

　　店里的冰激凌主要有两大类，一类是雪芭，即不含牛奶的水果冰激凌，用新鲜水果、水、糖浆制成，没有所谓的基底，因此需要较多水果。水果味道要正，对果肉质地也有要求，比如芒果和蜜桃，都很适合做雪芭，哈密瓜制成的雪芭就比较松散，不细腻。另一类是以牛奶、奶油、糖等为基底的冰激凌，调好的基底先放入巴式杀菌机，杀菌过程须先升温至八十五度，再降到零下四度；然后加入牛奶调配，根据需要按比例混入各类口味的原浆进行搅拌，这样不光是为了均匀，搅拌混入了空气，以防冰激凌压得过实过紧；之后倒入冰激凌硬冰机，硬冰机会不断搅拌并进行零下七度的低温加工，最多十二分钟，冰激凌的雏形便完成了。这时候的冰激凌口感过于细腻绵软，放入零下三十度的速冻柜再冻六七分钟，便可端进柜台了。

机器的不断改进让冰激凌工艺越来越节省人力，王老板告诉我，这些机器出现前，人们做冰激凌时，得大桶套小桶，将冰块放入两只桶的间隙内，再放入盐，盐水的冰点更低，以此达到吸热、冷却的效果，而且完全靠人力不停搅拌。随着设备的更新换代，冰激凌的口味和口感也有了极大改善，越来越好吃。现在说的手工冰激凌，手工部

分主要在原料、基底的调配上，制作都由机器完成。

奥尔恰一共有十六种口味的冰激凌，开心果、芭琪、榛子巧克力、香草、榴莲、曲奇、黑巧克力四季常供，还有一种马拉加酒浸葡萄干，也很受欢迎。马拉加酒是西西里岛的一种酒，这种口味的冰激凌在南京比较少见，是店里的另一味特色。除了依照时令制作不同的水果冰激凌，王老板也会灵光乍现，研发新口味，比如万圣节时制作了红枣南瓜口味，还做过南京特色的桂花酒酿口味。虽然他自己觉得新口味并不怪异甚至挺好吃，可惜大家对新事物似乎总是持谨慎态度，卖得并不好，但今年他依然会继续尝试桂花酒酿冰激凌。

中国有手工冰激凌大赛，虽然没去参加，王老板也会关注相关讯息。"好的冰激凌入口即化，不会有残留粘在口腔里。冰激凌大赛上，制作香草之类的传统口味必定得不了奖，一定要有自己的创新，比如去年就有四川选手做麻辣火锅冰激凌，还有辣椒巧克力口味的。"

开业半年多，店里已经有了不少回头客，王老板对自己的冰激凌很有信心，因此对回本也不是太心急，总是念着：慢慢做嘛！"我是做技术的，我知道自己可以把产品做好，但营销并不是我擅长的事，推广成了比较薄弱的环节，也许夏天会做冰激凌外卖吧。"

曾经有朋友建议他把店开在商场内，可王老板不喜欢速食的形式，他希望能有空间、时间与客人交流。近日有位意大利人来南京旅游，住在不远处的酒店，每天她都会到店里买一只蛋筒冰激凌，点杯咖啡，边享用边开始一天的游玩。今天她也如约而至，老板一边盛冰激凌一边用流利的英语帮她梳理游玩线路，临走时那位意大利夫人开心地约好晚上再来坐坐。

看到很多店铺一阵风地开起来，又一阵风地倒下，王老板说："也许他们更多的想法在资金上，而不是做东西。日本、意大利有很多店，很小，可是开了很多年。或许有大环境的原因，比如之前在国外遇到一位前辈四五十岁，依然在公司里做工程师，在我们的环境里大家似乎是不能理解的，都希望干几年就升职加薪。可对他们来说，工程师和管理者的待遇差得并不太多，他就愿意在这个位置上安安心心钻研自己的业务。大环境让人心过于浮躁，所以我也不愿意制造什么噱头作为宣传卖点，一阵风过去就没了，我希望这家店能够长久。"

搅拌棒

王鑫，冰激凌店店主

他本有一份热爱的技术工作，因故转行开起了冰激凌店。他说：决定了就行动啊，我是做技术的，知道自己可以把冰激凌这种产品做好。

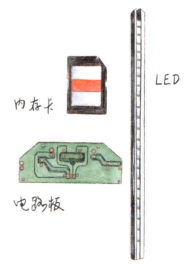

内存卡

电路板

LED

我喜欢的日本舞台设计大师、作家妹尾河童，总是自写自画，用一幅幅俯瞰图带领读者去窥视日本、欧洲、印度，窥视工作间，甚至窥视作家、演员们的厕所……我常边读边想象这个玩心重的小老头，在受访者的厕所里用尺子认真测量马桶尺寸、洗漱台高度，与常人一样站在厕所里，却画出俯瞰视角下的香皂、香水，以及受访者钟爱的小丑娃娃。这种严谨理性的态度和细腻温馨、珍视日常的情怀，让人于阅读中心生愉悦。

当王婆告诉我工作室主要做航拍和光绘时，我头脑里的第一个念头便是和妹尾河童一样，调整成俯瞰视角，换个角度看一间屋子、一座城市、一种生活，是不是会沉溺在令人惊奇的新鲜里？事实上，对王婆和小孙的采访，放大了这份新鲜，谁说理科生就是死硬理性派呢？他们不但理性，还能拯救世界，更不缺乏生活的乐趣。

采访当天，冒着上海的滂沱大雨，如约赶到了他们朋友的店——Story Space 青年空间（以下简称 SS 青年空间），暴雨顿时被挡在屋外，一路的狼狈瞬间被暖黄的灯光烘烤蒸发，在这个集联合办公、自助画室、活动分享于一体的空间内，我得以窥探一个理科生的"酷炫"的创业生活。

王婆和小孙是从小一起长大的小镇青年，后来相恋结婚，这样的经历让作为听者的我们羡慕不已，连连惊叹：这不就是童话、韩剧里青梅竹马的现实版吗？王婆笑道："以前不知道，结了婚才发觉这人也没什么好啊！而且他长得显小，总有人以为我们是姐弟……"话似嫌弃，嘴角还是藏不住笑意。

　　小孙似乎从小就向着科技男一路迈进，最开始玩船模，渐渐船模不能满足他了，于是视线从海洋转向天空。高中时参加兴趣小组跟着老师做航模，这个小组只有两个同学，小孙却玩得不亦乐乎。二〇一三年，王婆和小孙参加了"青年创客大赛"，设计了一款可用手机操控的四轴飞行器，内敛的小孙负责技术开发，善言的王婆负责大赛演说，这对当时还是男女朋友的搭档获得了非常好的成绩，也借由这个契机，得到比赛导师的 offer，他们由家乡小城来到了上海。

　　"小孙从小就喜欢航模，后来慢慢开始做些航拍。二〇一四年我们去泰国旅游，边玩边拍，就想为什么不试着把自己喜欢的这件事当事业来做呢？回来后便着手准备了。"

　　"到了上海才发现，生活真的有很多可能性，这大概也

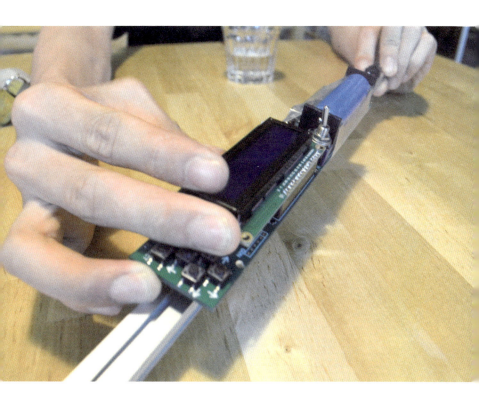

是我们下决心做自己的工作室的一个原因。"八五后的两人经营自己的"米闪"工作室将近一年。整个采访中,王婆健谈,小孙内敛,他们在工作上也分工明确,之前做市场的王婆现在全职负责市场、外联工作,小孙的本职工作就是电子工程师,自然是把控技术层面。"工作室主要做航拍和光绘,其实到现在我们还没有固定的办公地点,但会在朋友们那里做些活动,比如蘑菇云创客空间。上个月刚刚在 SS 青年空间做了光绘分享沙龙和光绘棒工作坊。"工作室起名"米闪",一是因为家乡无锡是鱼米之乡,二是因为喜欢的歌手陈奕迅有张专辑叫《米·闪》,三是取了 *Rice & shine* 和 *Rise shine* 的谐音,有阳光积极美好之意。在亲身体验了他们自己手工组装的光绘棒后,确实觉得这个名字再合适不过了,这个夫妻档的二人工作室,虽然在都市的创业人潮中不那么起眼,却闪现着独特的光彩。

"这个是小孙自己手工组装的,我们叫它光绘棒,原本想叫'光棍'来着。"王婆笑着向我们介绍眼前这个布满 LED 小灯的棍状机器。说到技术,小孙终于打开了话匣子:"这个光绘棒有一百四十三个 LED 灯、一个小显示屏、一节电池、几块 PCB 印制电路板、一张卡。制作前先画好设计图，比如每块 PCB 的电路图，然后交由工厂制作，小的零件在淘宝买，最后完成手工组装。"二人努力用我这个理科白痴能听懂的语句解释光绘棒的工作原理，"一百四十三个 LED 灯对应一百四十三个像素，把喜欢的图片拷进卡里，竖着拿起光绘棒时，你可以将之视为图片的一列，人匀速向一侧平移，再利用相机的长曝光技术（光圈调小，快门调慢），就能拍出一张光绘摄影了。"

　　说罢关灯开始现场演示，通过显示屏，我们选择了一张汉堡的图片，整个拍摄过程看上去有点傻，拿着光绘棒按下按钮，LED 灯亮起，人缓缓直行，小孙不住地喊："慢一点，太快了，慢一点。"听到相机"咔"的一声，在场的人立马围在小小的相机屏前，我心里也满是期待，静待几秒，屏幕由黑转亮的一瞬间，所以人都不禁惊叹一声"WOW"！虽然光绘棒拿反了，可是一个硕大发光的汉堡悬浮空中的画面实在奇妙又玄幻！我们又选择了一幅彩虹图，在黑暗中随意舞动，或围着拍摄者转圈，都得到了意想不到的效果。无论是汉堡这种完整图片，还是简单的字母，或者是彩虹

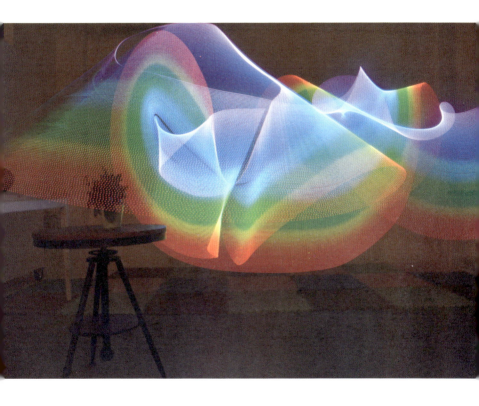

这类可以随意发挥的流动性图片，经过几秒傻乎乎的拍摄过程，便会得到一张让人惊叹的酷炫照片！就看每个人在拍摄时如何发挥想象力了！

小孙和王婆说，光绘棒的商业价值目前看来还没有那么大，暂时不会批量生产。很多人觉得它看上去实在简陋，但是光绘棒潜在的玩法很多，所以他们会将光绘棒重点用于线下活动。王婆和小孙正在筹备"闪瞎上海"的活动，在上海的地标性建筑前拍一系列光绘作品。"做光绘的人很多，但是有的会做设备不会拍，有的会拍不会做，我们的优势就是技术和拍摄都可以吧。"

交流中虽然王婆说得更多，言语间却总是离不开小孙，于是我问她："似乎现在做的事情都围绕着小孙的兴趣，是否会觉得忽略了自己的喜好？"王婆显得很轻松："我以前的公司也是做电子元件相关产品的，所以对这些基本的名称和原理也算熟悉，而且我觉得这些东西很有趣很好玩。"

小孙插了一句："有时候她突然蹦出几个专业名词,我们都会很惊奇,嗯?她怎么知道这个词?"现在一有时间,两人就出去航拍素材,无论外出旅行还是在上海周边,"我们现在觉得如果出去玩不带器材拍点什么,就特别没意思"。

除此之外,小孙还喜欢做木工,在雕刻机上编个小程序,不需要费力的人工,机器便可自动雕刻。连呼"理科男改变世界"的同时,我更好奇他对手工制作持什么态度。小孙说:"如果科技和机器做出的东西能够和手工的百分百一样,我觉得手工可能就没有必要了。但事实是,无论机器多么精准,有些环节依然不可能取代手工。比如木工的打磨环节,我可以借助机器实现雕刻自动化,却没办法让它打磨得那么细致。"

算起来,工作、航拍、技术研究、木工,小孙的生活满满当当,没想到他还有时间养宠物,宠物也很特别,不是鱼,不是哺乳动物,而是虾!"上大学的时候有个学长毕业了,他养的观赏虾没办法带走,于是连鱼缸一起给了我,养着养着自己也觉得很喜欢,就一直养到了现在。虾这种动物比较金贵,夏天怕热要开着空调,冬天怕冷要保持水温,刚开始总养不好，现在算得上得心应手了，同时还一起养些水草。我也说不清楚为什么喜欢，有时候不开心或者压力大了能看虾看很久，看着看着就觉得好像心里平静了。"
王婆这时发表了一番见解："我觉得他们这种人喜欢养虾可能是因为喜欢那种掌控感，虾比较小，可以自己在家里构造一个迷你的生态环境，看着它生活繁衍，就好像建造了一个小世界。小孙是很少照镜子的一个人，有一天我看到他对着镜子站了半天，还好奇说今天怎么这么自恋，他看着镜子里的鱼缸说了一句'你觉不觉得我的鱼缸好漂亮！'"
我们通通笑成一团，"想一想，对着镜子，一个镜像的鱼缸，里面是虾和水草，那个场景确实美妙。"王婆望向小孙，他也忍不住笑起来："我觉得研究它们基因的繁衍很有趣，比如两只特别丑的虾，生了一百只小虾，里面肯定有几只是相对漂亮的，选出最漂亮的让它们繁衍后代，再从中选出最漂亮的，这样一代一代下去，越来越漂亮。"又一次被理科生不同的思维角度震惊，养宠物都有几分搞科研的意思。

如今，米闪已为百事、创客星球等平台做过活动航拍，今年的端午节，他们将带着光绘棒与航拍器材回到家乡无锡，在太湖音乐节进行航拍。小孙和王婆还不确定是否会选择留在上海，他们也和无数年轻人一样，在这座号称"魔都"的城市里租房、工作，渴求在这座嗅到"理想"气息的大都市中实现自我价值的最大化。

采访结束，上海的雨还没有停，打在车窗上的雨珠模糊了道路两旁的霓虹，谁又知道明天的阳光会不会闪瞎这座城市呢？

小孙、王婆
"米闪"工作室主理人

是青梅竹马的伴侣，也是亲密无间的创业伙伴，他们用电子产品制造梦幻。他们说：我们和无数年轻人一样，渴望在这座摩登都市最大化地实现自我价值。

丧葬行业的手艺人

　　从听说缪师傅到去采访的路上，我脑中总是在勾画缪师傅工作的场景：角落里摆满了纸人纸马，花圈占据着房中很大空间，白、黄、黑是屋子里主要的色调，微风吹过，纸带窸窸窣窣抖动，可能还会让人打个寒战。缪师傅怎么会进入这个行当，而且做得小有名气？

　　坐高铁倒公交再转小巴，一路上缪师傅不断短信问询我们的进程，一下小巴，还没掏出手机，他已经迎了出来，到了地方就招呼我们吃饭。缪师傅是土生土长的本地人，皮肤黝黑，右眼上一块微微青黑的胎记，一口生硬的普通话，我不时重复他的回答以求确切的意思。不过他说起话来总是面带笑意，家中宽敞明亮，与我的想象大相径庭。

缪师傅家就在小巴站前，窗后面是当地的寺庙，扎库是旧时习俗，家中有人过世举办葬礼，便要扎些纸人、纸马、纸屋……总之生活所需物件要尽量齐全，烧予亡人，以求亡者在另一个世界能过得好些。缪师傅并非特意把家安排在寺庙旁，只是因为拆迁等原因，凑巧而已。"我做这行心里从来没有什么忌讳，就是把它当作一项工作，一门手艺罢了。"不过，日常生活中缪师傅和家人，依然习惯看皇历，家里一本皇历又厚又大。

恰巧当天有佛事，寺庙里都是为孩子求功名的家长。他在茶席前熟练地烧水泡茶，妻子端出一盘水灵灵的樱桃，初夏的穿堂风带着惬意，抬眼就能望见寺庙里攒动的人群，我们在不远不近的诵经声里聊起来。在小镇子上，靠着寺庙做扎库手艺，说不出是一种怎样的氛围，只觉得一切安排得恰当。

我几乎脱口而出地问道："您的手艺是祖传的吗？"缪师傅一脸笑容，边招呼我们吃饭边回答："不是祖传，我是拜师学艺的。"这下我更好奇了："您是主动想做这个行业的？"

三十多年前，缪师傅还是二十来岁的毛头小子，因为身材较矮小，卖力气的活儿总是做不过别人，于是他想只能动动脑子，学门手艺了。缪师傅从小喜欢画画，喜欢听锡剧，高中毕业的他又爱动脑，似乎对工艺总是充满热情，学起来也快。在工厂里由于头脑灵活，领导安排他和师父学习木刻雕花，在八仙桌、八仙凳上雕刻图案，一个星期后，有客人来订货，师父外出不在厂里不敢接，缪师傅自信说道："让我试试，我来接！"没想到只学了一个星期，他真的做了出来。然而，那个年代大环境不断变换，工厂改制，效益越来越不好，于是缪师傅开始思考新的出路。"当时我就暗暗下了决心，只许成功，不许失败！那时我已经有了两个小孩，如果失败，这一家人怎么办？！"

凭借对生活的小镇的了解，缪师傅留意到了扎库行业。
"我们这儿花灯不怎么多，每年正月十五都没什么灯，但
如果家中有人过世，家家户户都得操办这些。以前头七、
三七都要做，现在所有的礼仪在三天内都办完了，也许以
后年轻人越来越不讲究，但我觉得这个行业还是不会消失
的。"缪师傅下定决心做扎库后，便去拜师学艺。"我前前
后后拜了三个师父，每个师父都有自己的优势，我看到别
人优秀的地方，就想去学习。学习了两个月不到，师父说，
以后不用担心你了，我就带着师兄们接活儿，后来自己单干，
挣钱比上班那会儿多了很多。"

　　在离家两户门的地方，缪师傅租了间屋子用来干活儿，
门口放着一大桶糨糊，墙壁旁排满了用来搭骨架结构的芦
苇秆，另一边堆满了各种材料配件，几名工人正在糊这几
天要用的纸房子，其中也有他的小儿子和儿媳。一般缪师
傅会在这里做好准备工作，把零配件做好，再用车拉去客

人家里，现场组装。

　　缪师傅先将收来用作骨架的芦苇秆断料。所谓断料，就是剥壳，再按照不同规格，在需要做关节的部分挖洞。因为芦苇秆大多是弯的，往往还需要熏秆，点燃蜡烛，一根一根熏，在弯曲的部位熏上几分钟，边做边查验，熏直后便是成料，这一屋子的芦苇秆需花费的时间可想而知。芦苇秆韧性强，弯折后也不会断，且易燃烧，因此是搭骨架结构的好材料，缪师傅也有芦苇秆越用越少的担忧，尝试过其他替代物，效果都不好。扎库所用的纸张也有别于普通纸张，张力强，不易撕破，这样的芦苇秆和纸张，需要用自己调制的糨糊粘贴才牢靠，不能用现成的胶。摆上成套工具，边制作边勾画，制作上色、剪纸等等，完善各种细节。这样看来，扎库真算得上是一个综合工种。以前所有工作都由缪师傅一个人从头负责到尾，现在有了员工，各司其职，也开始了流水线作业，光熏芦苇秆这步，就得两到四人不停处理。"你们幸运，今天正好得闲，昨天还在加班呢，每天都要出去赶活儿。"

　　几乎等大的纸屋在搭好的当天便会被焚烧。这让我想

127

起了坛城，费尽心力地画，不多久便消散，只不过坛城好似是在现实的生活中构建一场虚妄；而扎库是将虚妄的世界具象、物化。这两个过程都以消逝的方式，让人类心底一些无法解答的疑虑、压抑或飞扬的情感，得到些许缓解。

※

技术在发展，很多地方、很多职业需要手作的部分越来越少，扎库也一样。"以前冰箱、电视等小物件，都是我一个一个扎，现在不需要了，都是现成的，慢慢地我们就主要扎房子了。"办事当天，这些扎好的库就会被烧掉，所以我们没法看到成品。不过，缪师傅是个有心人，二三十年前摄影还不像现在这么方便的时候，他便请照相馆，把自己觉得不错的作品拍下来，所以我们依然可以看到他当年的得意之作。缪师傅拿出相簿，一眼望去还真难看出桌子上那台录音机是纸扎的，"现在接这些小物件的话，实在忙不过来"。缪师傅扎的房子，高的有四米多，用时较长的扎了一个星期，门可以打开，人能走进去，电视、冰

箱、空调、煤气灶，甚至太阳能，一应俱全。防盗窗、剪纸、对联、墙上的壁画，这些细节也一个不落。没有受过专业美术训练的他，因为喜欢，也画了不少画，和合二仙、天官赐福、姜太公钓鱼……算不得精致，但是有股稚拙劲，这些都被他用了扎库作品上。

缪师傅拿出他专门刻剪纸的工具盒，那是他自己设计、找木匠制作的，上面是可抽拉的小木屉，用来放工具，下半部分是炉灰做的垫板，刻刀也用了二十多年。多年来的纸样、模板，缪师傅都搜集整理在专门的盒子里，"福"字、公鸡、麒麟……每一张剪纸都刻得极其细致。

缪师傅做这行已经三十余年，其间也动摇过，为求稳定想重回工厂，去过大理石厂，开过大理石门店卖工艺品，还去过光亮剂化工厂，效益都不好，转了一大圈又回到了扎库行当。"其实现在做这行的人还是挺多的，但做好的很少，因为他们不会变化，只有那一两种样式。我的优势就是从业久，有口碑，而且每年设计一两款新样式。我们的生活一直变化，扎库的需求当然也在不断变化，一直守着老东西是不行的。"缪师傅觉得做了十几年后才算是真正入

了行，慢慢积累起了口碑，也知道如何寻求变化，如何一直保持进步。我想着，午饭时五十多岁的缪师傅还使用了团购，真是个与时俱进的人呢！

缪师傅说"扎库"这个说法来自鬼谷子，古人烧钱以慰先人，可无法盛装，怕孤魂野鬼抢了去，于是想个办法，做个仓库，用来装存。"我们这行说起来，有些封建迷信的色彩，又好像是一个地方的习俗。"其实扎库不只涉及丧葬行业，缪师傅也曾为寺庙做水陆道场用具，甚至有新加坡、马来西亚的寺庙请他过去。缪师傅朴实地说道，想想实在路途遥远，不合算，还是没去。现在安徽、杭州等周边地区也常有人家请他去扎库。

我问缪师傅，你真的相信另一个世界的存在吗？缪师傅说："我们做这个，只是当作手工艺在做，至于另一边，谁也没去过，谁也不知道是不是真的有，就是活着的人尽份心吧。"

缪师傅做扎库三十余年，他的妻子便跟着他做了三十余年，小儿子武校习武七八年后，在剧组负责威亚技术，发展也不错，但妈妈心疼他离家太远，唤回家中，现在自愿和父亲学手艺，一家人每日一起劳作、归家。拍完采访手记，如果不说，很难看出这些物件以及色彩是用在葬礼上的，另一个世界的需求似乎和我们相差无几，这大概便是生者在这个世上的情感寄托吧。

缪达宏，扎库师傅

他扎了一辈子纸人纸马。他说：做这行心里从来没有什么忌讳，只是一门手艺罢了。至于另一边，谁也没去过，就是活着的人尽份心吧。

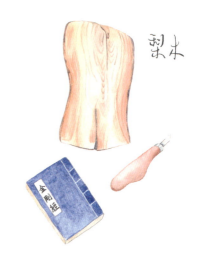

梨木

木板上的佛学美

南京新街口商业圈，楼宇交错，车来车往，在这里可以充分领略物质世界的繁华锦簇，而淮海路上却有一处闹中取静的庭院。我时常路过那里，大门紧闭，仰头望见匾额上"金陵刻经处"几个明晃晃的字，总是心存肃穆庄严的想象：这扇门里究竟是怎样的一群人日复一日年复一年，握着手中的刻刀，一笔一画刻下流传于世的经文？

我不是佛教徒，对佛教文化也说不上了解，但长久以来，刻经处那扇紧闭的大门给我留下的印象太过深刻，跨进它，似乎每走一步都要带着敬畏之心。这里隔绝了闹市杂音，刻经师朝九晚五，镌刻经文，不禁让人想起《我在故宫修文物》中记录的那些文物修复师傅。在外人看来，手艺让他们停泊在尘世中一方近乎出世的岛屿上，可以心无杂念地专注于一件事。机缘巧合下，我认识了金陵刻经处的女刻经师邓清之，有了探寻刻经处的机会。

正是紫薇花开的季节，一棵粉色的紫薇像一簇喷泉在院墙内绽开，满园枝叶蔓蔓，微风下是飒爽的初秋之意。办公区刚刚整修过，一切都很新，通透的大屋被隔成并列的几大间，每一间都有不同的工作人员专职负责一道工艺程序。一本经书从刻版到装订完成，走过这间大屋，便可一目了然。在这般惬意的宅院中，邓清之老师招呼我们的第一句竟是："你们谁招蚊子？喷点花露水。"

金陵刻经处是中国现今仅存的刻经处，由晚清著名学者杨仁山先生一手创办，二十七岁时他身染时疫，病中接触佛法，病愈后检读《大乘起信论》，爱不释手，窥得奥旨，开始信仰佛教，此后将毕生精力放在弘扬佛法的刻经事业上。这里本是杨仁山先生的私宅，后来捐赠出来，作经版保存之用。杨仁山先生过世后，他的学生欧阳渐、刻经处护持委员赵朴初，都为金陵刻经处的保护、发展发挥了重要作用，留存下了时至今日依旧刻版传经的清幽院落。邓老师带我们去看后院那座带着藏传佛教特色的六角塔，杨仁山先生驾鹤西去后，便安葬于塔下，和他一生挚爱的经书、经版在一起。"很少有人知道这里还有一座塔，刻经处有规矩，所有建筑不得高于塔顶，所以这里没有建过高楼。"

随着老旧的照片一步步探望杨先生当年的生活，逐浪般的时间似乎也放慢了流速。当年的书房深柳堂，门前的柳树已不见踪影，化为一池自在游曳的鲤鱼，堂中各类经书汗牛充栋，曾经的僧学堂祇洹精舍延用作佛学研究之所；经版楼里珍藏着刻工精湛的大小经版……

金陵刻经处初建时，刻工都是杨仁山先生从扬州请来的，画工也是顶级的，刻工不画，画工不刻，各司其职，精益求精。经版楼内现在依旧可以看到由晚清刻绘的经版印制的作品，我因为喜好画画，对图案纹样很感兴趣，有幸近距离观摩一二，一张拼起的大版，六七十个人物，发丝纤毫毕现、衣饰纹样细致讲究，眉梢眼角皆有韵味，想必光是画起来就要耗费不少工夫，一刀刀刻，线条还要流畅有神，难度可想而知。

一百五十多年来，刻经师都靠师徒制一代代传承，邓清之是第七代传承人。现在刻经处总共不过四五位刻经师，其中两位九〇后，刘鼎一、王康是正在学习中的徒弟。收徒弟的要求没有想象中苛刻，邓老师说，看机缘，有缘的话，逛街、吃饭都可能收到徒弟。不过这缘分里当然也要有些合宜的自身条件，比如是不是一个有耐心、坐得住的人。

现在刻经师不多，工作量自然不小，刻工不画、画工不刻的要求，已没有最初那么严苛。除了刻版，修复老版也是他们平日工作里的重要部分，今天便看到两张正待修复的晚清经版。经版上两个字因为字迹模糊，需要补上木块，在木块上书写镜像文字，再刻版修复，很多修复工作都交由第六代传承人马萌青老师负责。邓清之老师有书法功底，不过写镜像文字，是到刻经处后才练习的，在她看来："写反向字并不难。"

邓老师大学时主修工艺美术，后来研习中文，实习时来了金陵刻经处，这里便成了她后来每日朝九晚五的工作归宿，这些算起来已经二十余年。与我想象的不同，来访前我以为刻经师桌上会堆满工具：各种不同型号的刻刀、堆起的木屑、打磨的砂纸……然而眼前每位刻经师的桌子上都干干净净，其至可以说空空荡荡：一盏夹在桌沿的台灯、一把刻刀、一把刷子、一块正在雕刻的版、垫在版下的防滑巾，仅此而已。

这把刻刀叫作拳刀，刻经师的学习生涯，便从自己制

刀把、磨刀片开始。刻版过程中，大多只用这一把刀，通过调整刀的角度来控制线条粗细，因此根据自己的手形、习惯制作的刀，能在工作中锦上添花。雕刻同时也不忘及时用刷子刷去碎屑，邓老师的刷子上标记着清晰的"邓"字，手艺人似乎总有对工具的占有欲，因为"自己的工具用着才有手感嘛"。

刻版用的是软硬适中的梨木，梨木含有糖分，须要事先煮、泡去除木材里的糖分，防止虫蛀，同时这也解决了储存时变形的问题。煮需要几天的时间，泡则需要一年，风干又是两年，所以一块版，开刻前已经花了至少三年时间，这些都要刻经师自己完成，现在有了木匠师傅，替刻经师省去了裁切木料的工作。接下来是写样，将佛经或图案在纸上写好，再上样，也就是将图文转印在木板上，之后便开始刻版。邓老师正在刻的版是她第一次尝试刻英文，这件作品即将送到伦敦设计节南京周参展，需要在十几天内赶制出来，但如果从头算起，一张版的完成，至少需要三年时间。

刻好的版送至第二间屋，由师傅手工上水墨印刷在宣纸上，上水墨的棕榈刷也是自己制作的。印刷、装订看似简单，但与刻版一样，都由师父教授。采访时看到一位做印刷三十多年的师傅，面前一摞摞宣纸，她能快速将轻飘飘的纸张毫不歪斜地放置在木版上，蘸取水墨的刷子如练功般在经版和宣纸上龙飞凤舞，我甚至难以抓拍到她的动作。三五秒，一张经文印好，且保证每一张都没有位置偏斜、字迹模糊，就好似一张张韵律相同的 gif，组成了一秒一分一日，做三十年才练就了这行云流水的一套动作。印刷好的散页，有专人折叠整理成书页，再由不同师傅码好对齐，裁切毛边，敲出装订所需的四个孔。负责封面制作的师傅将封面按尺寸折出，交由线缝的师傅用棉线一本本手缝装订起来。走至最后一间，也是工序的最后一步，师傅用糨糊涂抹在笺谱背面，不偏不倚地贴在封面上，一本手刻经书的制作宣告完成。

这里是一个事无巨细、各司其职，尤为讲求"术业有专攻"的地方，邓老师坦言："其实我们的工作很枯燥，每个人都是盯着一件事不停地、重复地做。"虽然我们面前是成堆的纸页，但手刻经书费时费力，并不高产，常常断货。这些经书除了去往全国各地的寺庙，还有很多佛教信徒登门购买，这里有一间专门对外售卖经书的屋子，好似八九十年代的图书馆，可自行查找所需，时常有出家人到此求书。此外，这里也有结缘的经书，有经济能力的佛教信徒购买一批经书存放在此，经济能力不够好的信徒便可在这些结缘的经书中领取自己想要的那本。

做刻经师这么多年，邓老师却不是特别懂经文："很多人以为刻经师会懂经文，其实并不是，我们只是做这个手艺的。"不过邓老师认同很多佛教的观念要义，"在这儿工作后多少了解了一些佛法，对于生死这件事，不再会感觉到害怕。"

都说佛法无边，我们或许理解不了其中深意，但会无师自通地懂得欣赏佛学中的禅意美，佛像的线条、汉字的笔画，都让人沉醉。我很喜欢出自《金刚经》的"微尘众"三个字，好像看到了众生的渺小，却又承认了每个渺小载体强烈的存在感。每日朝九晚五做一份工作，就这样十年二十年，本身也如一种禅定的修行。一些看似可以轻易被机器取代的工作，依然留存于世，定有它的理由和妙处。走近它们，就好像看到了缓慢转动的齿轮，独自转起一轮日月盈昃、辰宿列张的时间，让人在现实之外晃了晃神。

棕刷

邓清之，刻经师

她手握刻刀，在梨木上刻下传世的经文、栩栩如生的佛像，朝九晚五盯着一件事重复做。她说：其实我不懂佛法，只是做这个手艺。

零存整取的童心

　　如果一辈子的工作是与玩具相伴，听起来是不是觉得太过理想化？笔得潘似乎离这个理想越来越近了。初次采访笔得潘是在三四年前，算是他创业初期，今天再次登门，有种多年后回访的感觉，各自都有了新境况，与受访者一起看到彼此的进步、能力的增长，是一件非常欣喜的事，说得矫情点，有种相互见证没有辜负如梭时间的踏实感。

网名万年不变的笔得潘说自己喜欢阿童木，有很重的八〇后情结，我曾经在他家中看到成排的玩具、玩偶。学工业设计产品造型的他，毕业后的正职也是与玩具打交道，找到这份工作的经历如同电视剧情节：那天他陪同学去公司见 HR，HR 顺口道："要不也看看你的简历？"结果同学没成功，他却得到了 offer。这家玩具公司要求员工要会玩，只要按时完成工作任务，怎么玩都行。笔得潘的工作与玩具造型有关，主要做机器人一类可以动的机械玩具。借由这份工作，二〇〇七年他第一次接触了乐高。

虽然小时候没有听说过乐高，但乐高极大的自由度和可操作性让笔得潘很快找到了乐趣，愿意耐下心来拼搭千变万化的像素世界。起初他并没有以此为业的想法，在玩的过程中逐渐发现，全世界有非常多乐高发烧友，似乎可以尝试将兴趣变为工作。

方方正正的像素块是我们对乐高的印象，其实它的零件成千上万，还有很多异形零件，比如鱼、胡萝卜、棕榈树叶等等。用得最多的是薄的板、厚的砖，各有大小、长短不一。笔得潘专门买了存放零件的柜子，它们倚墙而立，按照规格，一排一排整理好。所有零件皆来自乐高总公司，零件系统非常庞大，成本很高。他指着一墙的零件告诉我们："这些加起来也有十几万了。"乍看之下，屋子里最为显眼的就是这装满零件的柜子了，但笔得潘如同变魔术般，这里拿出一件，那里拿出一件，我才发觉抽屉里、沙发下能塞的空间里全都与乐高相关，完全是被像素包围的世界。有条有理、有棱有角，但又色彩斑斓、充满童趣，冷静成熟和热情童真碰撞出一种奇妙氛围。

乐高是老少皆宜的益智游戏，"很多大人原来是为孩子买的，结果买回去自己忍不住开始拼"。

笔得潘掀开角落里的报纸，一只超大的黄色皮卡丘现了形，虽然耳朵还没有完成，但脸上的腮红、肥硕的屁股和即将安上的闪电形尾巴，都让这只像素皮卡丘尽显萌态。

小超级玛丽只有头、樱桃小丸子缺只胳膊、绿巨人没有头发……成品难有完整的，笔得潘解释，缺少的部分都是被玩家买去了，拆成零件自己拿回去拼。乐高所有的零件都是通用的，可以任意组合，于是我们发挥恶趣味，把超级玛丽的头嫁接在阿童木的身子上，就看到一位裸体玛丽！无限可能的拼搭组合便是乐高的乐趣。桌子上的乐高可乐、小丸子、阿童木、三文鱼、鱼子寿司，沙发旁半人高的超级玛丽半成品，有种让双眼失焦的视觉效果，好似科幻片里凭空显现出的图形。

平面的乐高作品相对简单，立体的则复杂得多。定制立体的乐高作品，需要告知作品的三维数据，不清楚具体数据，便要根据平面图测算，按照比例缩放，再将像素填充在表面，在电脑里进行"雕塑"，这个过程有点像泥塑。比如，要拼出一只篮球的立体乐高，须将篮球的照片放进电脑，用像素块"糊"在表层，再如做泥塑般，或削或捏，慢慢把它修"圆"。但即便电脑也无法做到精准，内部构造依然需要设计师在脑中自行完成，所以这是一项需要很强空间想象能力的工作。笔得潘曾经收过一位出于兴趣来学习的徒弟，他的职业是银行押送钞票的押运员，工作结束后来学习模型制作和乐高拼搭，因为空间想象力强，入门非常快，可称得上是有天赋。笔得潘也不无骄傲地笑道："当年大学关于空间设计的作业，我基本都是满分呐！"笔得潘做过的最大的立体作品，是为客户拼搭的一米八的刀塔女神，赶工时，保洁阿姨都被他拉来帮忙拼底座。

除了依照图纸，用这些像素块垒出形象，乐高还会出很多人仔，比如美剧人物、卡通人物等，头、胳膊、腿都可活动，头发也能拿下来，每有新的流行人物形象出现，从零件到成品，便是一场世界范围内的抢购。乐高公司每个季度还会出类似"福袋"的产品，每个袋子里几件人仔，用包装遮挡，供玩家盲选，公司会在网站提前发出预告，让玩家提前练习，有点类似练习摸麻将，厉害且幸运的玩家，有可能凭借手感买到价值几万块的"福袋"。据笔得潘观察，北京有非常多热爱乐高人仔的玩家，他自己倒不是那么感兴趣。他更爱那些可以千变万化，供自己雕塑的像素块们。上海开了迪士尼乐园后，乐高旗舰店进驻，游客们可以在这里拿着杯子，像逛超市一样自选零件，按杯结算，像笔得潘这样的玩家可以填满杯子的每一处缝隙，最大化利用空间。

⚜

注册了 PIX STUDIO 工作室后，合作伙伴负责业务联络，笔得潘负责画图纸、搭像素，定制业务颇多。很多人喜欢定制一幅自己的乐高肖像挂在房中，按照笔得潘的理解，乐高肖像既特别又好玩，不想要了，零件拆下来还值很多钱，"保值啊"！前不久，香港演员谢天华生日，工作人员想给他生日惊喜，找到 PIX STUDIO 定制乐高画像。起初笔得潘不敢相信，直到下了订单，轰轰烈烈拼了幅巨大的谢天华肖像寄去香港。邮寄乐高作品也要十分小心，以防万一，有时甚至不惜买火车票、飞机票人肉送达。

如今笔得潘已坚持过初创期，经历过被骗图纸、被山寨、被毁约等各种问题，经营境况一年年好起来，乐高玩家越来越多，自己也着实掉进了乐高"大坑"：赚到钱去买乐高零件，买回来做成产品售出，赚到钱再去买乐高……循环

往复。有风投曾来商谈，得知利润不高后，最终都不了了之。笔得潘自己觉得还好，钱这东西够用就可以了。我问他，所以你已经决定以乐高为自己的终身职业了吗？笔得潘答："是啊，我就喜欢这些嘛。"

虽然我们一年一年离童年越来越远，但笔得潘离与玩具相伴的目标越来越近，童年以这种矩阵排列的方式，被无限延长了，在像素的世界可以拥有一颗零存整取的童心，且获得了永久的保鲜期。

笔得潘
"PIX STUDIO" 乐高工作室主理人

他掉进了乐高的"大坑"：赚了钱买乐高零件，买来了做成产品出售，卖了钱再去买乐高……他说：钱这东西够用就行了，我就喜欢乐高嘛。

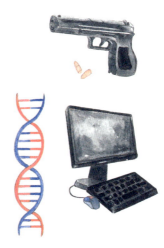

鉴证实录现实版

　　显微镜下是需要细心排查的蛛丝马迹；试管里的试剂为还原真相，起着某种化学反应；显示屏上闪烁的基因比对图，正在为某个在案发现场出现的人做着明证或申诉……不曾想自己竟有机会走进公安局，走进刑侦 DNA 鉴定中心，亲眼见到这些在《鉴证实录》等刑侦片中才能看到的场景。

毛老师指着初检室内一堆锅碗瓢盆日常用品道："前段时间长江客轮翻船，我们拿到这些游客的日常用品，加班加点做鉴定，希望能从上面提取到 DNA，以此确定遇难者身份……家属们都去了现场，所以我们能得到的有效信息很少，需要细心排查。有的家里住着好几口人，指纹、皮屑混在一起，鉴定工作就会更加困难。"每次有案子，毛老师和同部门的其他五六位同事，都要争分夺秒不分昼夜地工作。鉴定工作必须快，因为拘留审讯有时间限制，也为了尽可能避免样本污染。"所以我们这行，每次有案子心里的压力是很大的，一是时间上的压力，二是必须非常细心。"

　　不算长的走道两旁，总共五六间屋子，毛老师向我简单讲解了 DNA 鉴定的大概流程。初检室侧门简单摆放着一张桌子，是受理案件的地方，办妥相关手续，便在初检室进行检材工作，判断拿到的物品是否有条件进行检验。"血迹、唾液、精斑是比较好提取的，牙刷、烟头、梳子等物品就要特别留意，汗渍比较难提取，但是也可以。现在人文化程度普遍比较高，已经很难在案件中提取到指纹了，有的作案人夏天戴着手套，会出汗或者擦汗，我们可以从中找到线索。"

初检完毕便到了提取室，这里的工作是借助试管、试剂释放 DNA。"样本中可能有杂质，所以还有一步工作是纯化。"受机器的灵敏度限制，提取 DNA 后，还需要在扩增室利用扩增技术（PCR），通过相关仪器和试剂将其扩增上百万倍，类似模拟细胞分裂，来大大提高 DNA 分子可供分析和检测的能力。

之后是检测比对，导入数据库。毛老师转向显示屏，向我讲解那些高低起伏的波动。"这里有十六个基因位点，当十六个位点完全相同时，我们才可以判断是同一个人，差一个都不行，这是基于概率学的个体识别。当然判断这个人是不是犯罪分子，不是简单就凭这一步，有时候十六个位点都对上了，只能说明他出现在了现场，不一定是作案人，还需要一条完整的证据链。"

一进扩增室便感觉到一丝闷热，还有机器的嗡嗡声，正对着的空调显示为二十五度，我问毛老师："这里是不是有温度的要求？"毛老师答："你说得很对，这里必须保持一定的温度，防止样本污染。"待了一会儿我就觉得温热的空气和嗡嗡的噪音让人受不了，毛老师笑道："我们每天都在这样的环境里。从二〇〇四年这里建起，也有十多年了。"

样本污染是毛老师反复强调的问题，也是 DNA 鉴定中最担心的问题。"外来人员可能会带来污染，风向有可能带来污染，但更怕的是我们自己的污染。每一步操作、每一个动作，稍有大意，就可能污染样本，影响鉴定结果和案件侦破，因此我们会反复强调防止污染。我们有质控样品，以此进行阴性对照、阳性对照，一旦有异样就要立刻找原因。资料库里除了有案底人员的资料，每一个工作人员也录入在内，出现污染时进行比对，判断是否是工作人员的原因。房间里都是单独的空调，不能使用中央空调，因为屋内的空气不可循环利用，用过的空气就要有序排出，对风向也有要求，也因为这个，试剂室我们都放在最前面。"

走出鉴定中心，毛老师脱下白大褂道："我们的工作其实很平凡很普通，没有那么神秘，就是一定要细心，必须要细心。"

告别毛老师，鸢澈姑娘带我走出迷宫一样的刑侦大楼，看了看四周环境，这才有空和她交流。鸢澈是公安局宣传处的警员，平时主要负责文字、报道之类的工作，给领导拍照，也给尸体拍照，所以有时她很困惑，觉得自己不像警察，可实际上又是警察。她在给我的邮件里写道："就是想抽空聊聊天，给别人讲讲不一样的警察。"

鸢澈是青海人，大学学的是治安，在两千人的毕业考试里考了第九名，分到了现在的单位，一个人在离家千里的江南生活已有七年。"我的工作会接触到各种警种，也看到很多稀奇古怪的事。"

毕业实习，她在派出所待了六个月，她说："你只要待一天就会看到各种奇怪的事。"除了传言中上厕所不带纸找警察之外，还有买油条没带钥匙的，警察只得爬上高楼翻窗帮忙开门；嫌小区里青蛙太吵的，报警要警察驱赶青蛙；喝醉了在厕所里摔得满身秽物的，家人在打牌不愿来接，让警察送回家的……"其实很多民众不理解，警察真的很辛苦，有时冒着危险爬高楼帮忙找钥匙开门，没有一句谢谢，稍不顺意还可能被举报；有时候光白天就有几十起报案，无论在不在职责内，都要出警，警力永远不够；110指挥中心有三分之一都是无效报警。以前宣传'有困难找警察'，可是浪费警力的情况很多，现在提倡'有危难找警察'。不过好在已经有了分工，像进不了门这种情况，会有专人负责。"

除了文字，鸢澈也经常使用到相机、摄像机，比如大暴雨时交警要坚守岗位，在路口、隧道疏导交通，她要拎着设备跟随；采访警犬训练员，因为手臂上残留着之前戴的护具的气味，差点被警犬扑倒……"我每次去跟拍这些一线的警察，心里都特别感动，特别震撼。"

因为会拍照，有时候也需要她顶班出现场。"有一回负责刑侦拍照的同事不在，我就跟着去了，特意没戴眼镜，可是没想到要现场解剖，近距离拍摄。被害者头部受到重击，我们的女法医现场拿锯子开颅，边工作边跟我说拍下来，我凑近去拍，被害人脑里的组织液溅了我一脸，那个场景太难忘了。"我问她，没有像电视剧里那样跑到一边去吐吗？她回答："没有，根本顾不上恶心，就想赶紧把照片拍下来、拍清楚。不过午饭一起吃大肠的时候我实在受不了。万幸的是，冬天出的现场，有的同事夏天去高度腐化的现场，可想而知有多难受。大学时我曾经想学法医，那天觉得幸亏没学。"但说起女法医，鸢澈简直是小粉丝状态。"那位女法医瘦瘦的，平时说起话来柔柔的，可是讲起检验结果，是什么凶器所伤、多少度角度所伤，一二三四条理清晰，那种专业度特别有魅力。"

此外，她也跟拍过毒品交易现场，在另外一栋高楼里俯拍，要小心掩护好设备，因为镜头可能反光，现场氛围很紧张。所拍镜头除了作安全宣传等使用，也可作为案件证据。有时她还要负责粗剪，拍摄与剪辑都是师父教的。我好奇，警察这行也讲究师父带徒弟吗？鸢澈说，很讲究，因为学校学到的和工作实践，完全是两回事，必须有师父带。有些出现场的经历虽然有几分惊险，但鸢澈十分珍惜，因为这让她觉得自己不光是个伏案写作的警察，还做了警察真正该做的事。同样地，她喜欢射击训练，前不久才刚刚升了一级。

工作七年，不是没想过辞职。接触的警察、警种多，见过很多阴暗面，了解很多警察的委屈，还有很多自己无力解决的问题。刚入职时，她也曾有个宏伟的五年目标，然而现实和想象之间永远都有一道沟坎，让人在迈向憧憬的途中打个趔趄。七年来，每日穿在身上的警服让鸢澈有了身份的认同感，也在矛盾的情绪中生出了一份眷恋，或许以后的工作中依旧会有负面情绪袭来，依旧会有惊险的场面要去经历，但也依旧会有感动和震撼夹杂其中，这一切碰撞出的情感火花，或许就是经历的可贵吧！

不过她的微信朋友圈完全给人另一种感觉：手工、美食、捣鼓各种小玩物……鸢澈说在体制内待久了，有时候会觉得自己已经很老很老了。因为工作性质，基本上没有完整地休过节假日，也有压力大整晚睡不着觉的时候，接触到的阴暗面肯定也比常人多，所以业余时间就想过得丰富多彩、轻松一些。

　　鸢澈是个内在能量强大的人，工作之外，业余时间基本都被自己排得满满当当，她概括自己——比较能"作"："我喜欢旅行，有休假机会都尽可能出去，看看不一样的地方，和不同的人聊聊天，那时才觉得，哦，我还是个年轻人。"虽然外出时一般不会说自己的职业，但总有一些蛛丝马迹会透露了她的身份："我会带辣椒水在包里防身！""我还和朋友组织过创意市集；做过私房甜点，一个人制作、宣传、送货，以至于后来有三家店想固定卖我的东西，可实在没时间，就不做了。"

　　她的减压方式很独特。"在爸妈看来，我一个人离家远，不放心，但同时又觉得我有了一份稳定的工作，房价不那么高的时候在这里买了房，有了车，生活似乎不错。可实际上工作中有很多苦闷，一个人离家会感觉孤独。所以我会找机会去体验不同的职业，有时候我晚上去酒吧端盘子，去青年旅舍兼职做前台，我没提过实际的职业，他们一直以为我是个小打工妹。不为赚钱，就是想和不同的人接触接触，而且作为旁观者听到他们对警察的一些看法，也挺好玩的。"

无论是鉴定专家还是普通警员，在旁人眼里，警察好像神秘而特殊。可在毛老师口中，自己的工作平凡普通，唯一值得一提的，是必须持有的细心，他就像工作时那样，理性剔除所有干扰，沉淀下这份职业最本质的模样；鸢澈则带着女孩特有的俏皮，不时给自己一个跳脱身份的机会去观察自己的职业，它有惊险与疲惫，也有感动和震撼。这一切于他们而言，是每天都要经历的日常，于我们而言，却是光明与黑暗较量前的一次次准备、一场场演练，唯有将最朴实无华的"平安"二字寄予千千万万像他们这样的警察。光亮的力量再小，也会格外耀眼。

毛老师，DNA 鉴定专家

他在蛛丝马迹中还原真相，怀着万般的细心与时间赛跑。他说：我的工作没那么神秘，很普通，只是必须要细心罢了。

鸢澈，公安局宣传处警员

报道、拍照、处理纠纷，她是警察，却觉得自己不像真正的警察。她说：矛盾心情中会生出眷恋，身上的警服让我有了认同感，这就是经历的可贵吧。

车木匠的独白

刘战器　砂纸

　　其实两三年前我便注意过这家沿街的车木店。小小的门面、红色门框，参差错落地挂着大大小小的木制品，稍不留神，或者步子迈大了点，便会错过。除了门框上的红色油漆，看不出这个二十几平方米的小店还有什么其他装修。桌子下面堆满了木屑，桌面上是各种工具，略显昏暗的店内挂着原木色的擀面杖，门口三两张椅子，隔壁的大伯坐着唠嗑歇脚，一边的盆里堆放着大小不一的月饼模子。这原始的作坊模样，倒显得有些醒目了。

店名简单明了，就是孙师傅从事的职业——"车木"。车木是主要针对木头的造型工艺，配合机器，用刀之类的工具去削旋转的木头，所以也叫作"木旋"，加工出来的多为圆木件。我到的时候，孙师傅正在靠门的位置车一颗颗的手串珠子，机器轰轰作响。说明来意后，孙师傅并未显出多大热情，加上机器噪音的干扰，开场实在热络不起来。艰难交流了几句后，孙师傅从墙上一排工具后摸出一张报纸递给我，说："以前也有人采访，看看这个吧，内容差不多都有。"显然，他觉得，采访的内容都大同小异。我难免失落、心有不甘，看完报道后，我记下基本信息，孙师傅问："差不多了吧？"我略尴尬，笑笑问他："报纸上说您二十多岁就知道并确定要做这行，那是怎么了解这行的？"孙师傅也笑了："那是报道写的，其实我刚开始根本不想做这行，也没想过会做这行。"说到这儿，孙师傅才慢慢打开了话匣子，原来窝在这间车木店的他，曾经有个大学梦。

孙师傅上学时成绩不错，尤爱数理化，高中毕业后准备高考。孙师傅回忆，七九年，那年高考特别难，班上好像只有一个人上了大学。高考落榜，不能无所事事待在家里，有亲戚做车木这行，于是就到亲戚那儿帮忙看门，想一边工作一边复习，他根本没想过自此以后居然做起了这行。"我学的是数理化，数理化有规律可循啊！钻进去其实很有意思。最怕的就是背书，但那时候要背很多内容，怎么都背不下来。"当时孙师傅家里困难，只有母亲一个大人支撑，实在没能力供他继续读书，复习的事便不了了之。一次亲戚需要人帮忙车东西，孙师傅没学过，用玩的心态试了试，没想到还真做出来了！接下来便误打误撞入了行，开始了辛苦的学徒生活，磨刀、做杂活儿、学技术……第一年玩心大，没好好学，前前后后三年才算出了师，到现在三十多年了。我问他："第一次自己车出件东西时开心吗？"孙师傅回答："没有特别开心过，那时候还是想去上大学。做这行是没办法，没有那么多选择。"

一九八五年左右，孙师傅的店开在中华路，后来迁到升州路。升州路曾经有七八家车木店，现在只剩一两家，做车木的人更是寥寥无几。三十多年做下来，每天被机器的噪音包围，孙师傅的耳朵也不大灵光了。他每天七点多上班，到晚上九十点，活儿少的时候到六七点。以前下了班，孙师傅还出门散散步，现在根本不想动。"每天上班站这么久，到家腿都木了，哪里还有劲头出去。我这个人也没什么特别的爱好，所以一般就在家歇歇。一年到头，除了过年可能给自己放两个星期假，其他节日、周末，都不休息。这行活儿累钱少。"孙师傅坦言，其实这些做得很疲惫。

　　其间孙师傅也做过改行的尝试，卖电锯机器，还卖过一年卤菜。这和车木的行当相差远了点，说得我们二人都笑起来。"那时自己开了个小卤菜店，还和人家学过一段时间，每天早起杀鹅杀鸭，结果还是亏本，很辛苦。做任何一行都是这样，后来觉得还是车木得心应手，自己最熟悉，转了一圈还是回了老本行。"

说话间有手拿盘珠的老先生进店来，和孙师傅约时间，想拿自己的料子来加工。一条手串从开料、打毛坯到精加工、抛光，必须仔仔细细，用他的标准来说："不能有一点毛病。"孙师傅用锤子将毛坯嵌在机器里，机器匀速转动，刀具顺势修形，木屑四溅；拿起游标卡尺麻利地测量一下，手稳稳地拿着工具刀切割；换把刀，手腕灵活稳当地转动；再用一把长刀，刀尖缓缓地修出弧度，珠子大致的形态便出来了。桌上看似工具凌乱，孙师傅却乱中有序，不时选用不同粗细的皮子打磨，最后抛光，片刻一颗滚圆的木珠子落入筐中。

现在，孙师傅的主要业务来自单位，车椅子、凳子、桌子的腿儿，还有一些把玩珠子的人自己带料来加工手串，也有专为买一根擀面杖而来的客人，还有快递员进进出出。"周围邻居家里没人，我们代人家收收快递，有的快递员知道了，去了家里没人就直接送这儿来了。"说起孙师傅店里最引人注目的木制品，其实是挂在梁上大大小小的擀面杖，来买擀面杖的人也是五花八门。中轴可以转动的擀面杖，做烧饼油

条生意的人买得多，有人是原来有后来丢了的，还有后来被收走的，孙师傅说着也不禁笑起来："反正什么人都有。"

眼看到了午饭时间，孙师傅看看表："要弄饭啦！"说着从屋后头搬了一张椅子、一张凳子，靠着门口对在一起，一口铁锅锃亮。"这就是厨房！"说着话，他在店内忙着切肉，老婆女儿在店门口择菜，孙师傅每天中午都在店里自己做饭，猫着腰在凳子上忙着切肉的他好像突然想起什么似的说："哎对了，我还就喜欢做饭，每天中午在这做饭吃，大部分晚饭也是在这儿再烧一顿，回到家就更乐意做饭了。"虽然辛苦，孙师傅对自己能支配上班时间这点还是非常满意的。"我们就这点好，吃完饭，忙了我一点开始干活儿，闲了就两点，我从来没在单位上过班，以前去一个单位帮人做东西，一定要规定上下班时间，干了十天我就受不了了！"

车木这一行每天与成堆的木屑、扬尘、噪音打交道，桌上、身上时时都布满一层灰，每天大部分时间都要站着干活儿，让上了年纪的孙师傅渐感疲惫。这种木匠小作坊是否会被更大的机械厂取代？谁也说不准，而他的职业生涯，便这样与这些日常生活所需的小物件、小零件打了一辈子交道。

对于以后的生活，孙师傅也有自己的打算，已过了五十而知天命的年纪，这两年房子可能要拆迁，等房子拆了，自己也打算退休不干了。"快六十岁的人了，好好在家里休息休息。"我问他有没有出去旅游的打算，他似乎情绪高昂了起来："还真有这个打算！其实我很喜欢玩，学徒的时候让我去别的地方干活儿，只需待一天的活儿我就想待两天，想多看看玩玩。后来做车木这行，没啥时间了，也很久没有出去旅游过了。"对于一年忙到头的孙师傅来说，过年放假是他最开心的日子，说着脸上就禁不住地透出喜悦。"平时，偶尔也能得空歇会儿，坐在店门口看看报纸，也蛮快活。"

南京的桂花已经开了，香味若有若无地飘荡，一盆月饼模子敞在最近少有的阳光里。门口唠嗑歇脚的大伯坐在了隔壁店门口，继续笑着和我打寒暄。

这次采访结束得很早，因为机器不停轰鸣，交流确实有阻碍，加上车木需要手很稳当，一直说话提问实在打扰，但短暂的拜访依然让人心生感触。

孙师傅是我遇到的比较有意思的匠人，你不会从他口中听到"传承"这么宏大的命题，也不会听到他说"怕手艺失传在自己手里"这么重大的责任，他和你我一样，普普通通，芸芸众生。我不知道孙师傅是否至今仍对没能上大学这件事抱憾，在他的年少时代，选择甚少，于是只能以自己的一技之长来养家糊口，并为此隐忍着三十多年的艰辛。对孙师傅来说，车木只是一项工作，只是恰巧从事了而已。

如今愿意学习这项技能的人越来越少了，原因也很简单，因为活儿累钱少。报纸上的报道和孙师傅所说的出入不少，是不是报纸、媒体已经把所谓的"匠人之心"鼓吹得过热？一定要把每一个人都拔高到文化传承的高度？如果不能做到真正的记录和呈现，媒体还有多少存在的价

177

值？作为一个在车木这一日渐式微的行当中踏实做了三十多年的匠人，除去其他，我想孙师傅本身自有其个体层面的价值。

孙师傅，车木匠人

他在日渐式微的车木行当做了三十多年，从不谈"使命"，也无意负担"手艺传承"的重责。他说：年轻时候没得选，只是恰巧进了这一行罢了。

丝桐妙音

屠音鞘是本名，因为父亲觉得姓屠有杀气，因此要藏锋。一旦出鞘，就有苍龙怒吼的声音。不过屠音鞘没有往"苍龙怒吼"的霸气方向发展，反而迷上了清幽的古琴，"音"字倒契合了他的心性。

高三时逛 CD 店，因为装帧漂亮，屠音鞘买回了《唐·

霓裳羽衣》《宋·杏花天影》《清·平沙落雁》三盘CD，用他的形容，一朝迷上古琴，那音律令人"魂醉骨酥"，叮叮咚咚，云卷云舒，风起水落……这旋律便被他当作每日催眠放松的妙音。业余时间屠音鞘还找了许多关于古琴的书来读，毕业时已对古琴大师如数家珍，我们看似天书的古琴谱，他已能看懂一二，关于古琴的种种，不能说了然于心，却也知晓大概。六月初高考结束，一朝脱得囚笼，屠音鞘便立刻在网上寻找古琴老师的信息，当时宁波的古琴老师很少，找到一个便上门求学，六月十几号，他便已经开始了古琴的学习。和其他学生不同，在学技巧之前，屠音鞘已经有了比较充分的理论知识，识得琴谱，又增加了自己的练习量，所以学起来更能融会贯通。得知他很快要到南京上大学，古琴老师告诉他南京的老师很多，自己也教不了什么了，去那儿继续学习吧！屠音鞘便背着自己的琴来到了南京。

令人欣喜的是，南京大学有古琴社，授课老师是金陵派传承人桂世民。但古琴社并不活跃，屠音鞘进了社团当理事，基于兴趣和热情，古琴社慢慢活跃起来，申请到琴

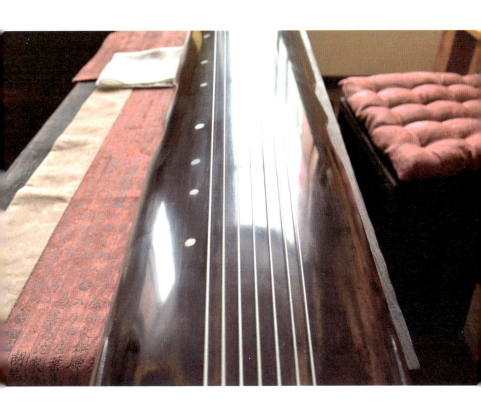

房后大家便常常相约练习。"当时的环境还没有那么好。我还记得我们的琴房在十八号楼的地下室，有时候进去发现墙面被其他人乱写乱画，特别生气。"

也因为他，我才知道，在我常常路过的夫子庙乌衣巷内，还有一处幽然之地，一间琴房躲开了夫子庙闹哄哄的人群，从几岁到十几岁、二十几岁、三十几岁……喜欢古琴的人并不尽然都是上了年纪的人。女孩长裙步摇，缓缓抚琴，装束中带着古典元素却不夸张，男孩低头认真，还有三三两两在旁边练习书法国画，很明显能感觉到他们身上有种异于他人的古朴安静的气质。

和桂老师有缘结为师徒后，屠音鞘开始了更加正规的古琴学习，他们是师徒，更似朋友。学习时日久了，屠音鞘颇有几分师兄风范，和师弟师妹们聊聊书画、说说琴艺，伴着书墨香气、袅袅琴声，还有老师为大家坐镇指导，调素琴，书山水，恍然进入了古都的时间缝隙。出了乌衣巷的小门，夫子庙商业店铺林立，又瞬间回到现实中。这些正在学习的年轻人，是否也因为感受到了古琴怀古幽思之趣，才加入其中呢？

受屠音鞘的影响，屠爸爸开始对古琴有了兴趣，二〇〇九年，他也来到南京和桂老师学习，还时常向儿子请教，屠音鞘笑道："所以我爸也经常喊我师兄啊！"二〇一一年大学毕业，屠音鞘前往西班牙继续学习哲学，路途遥远，便带了把比较普通的琴，那把好琴便留在宁波家中，成了屠爸爸的爱物，常常拿来练习。现在，本来就爱音乐、会乐器的屠爸爸也已经沉迷其中，并开始教学生了！

二〇一三年，屠音鞘回国，依然回到了南京，成为一名编剧。在一年多的时间里，他渐渐意识到这并不是自己喜欢的工作，许多规避不掉的因素导致创作受限，于是现阶段，他正在向全职古琴老师过渡。

采访当日，我们去了屠音鞘学生的茶室，两位女士和他学习有一段时间了。古琴从制作到演奏都颇为讲究，采访时我看到的是古琴常见造型中的仲尼式和伏羲式，外行人可以通过琴的外观是一道弯还是两道弯，直观地分辨出来。细究起来，古琴的每个部件都有说法，比如其形与天圆地方之说相和，也与人身相应；尺寸一般为三尺六寸五，象征一年三百六十五天；十三个白点称为十三徽，是一年十二个月，外加一个最大的白点象征闰月。拿起琴，底部可以看到两个音槽，中部大的为"龙池"，底部小的为"凤沼"。一把古琴，竟与日升日落四时流转相合……至于制琴木材，古人一般用紫花桐木做面板，后来发现杉木音色质感更好；底板需要较硬的木材，多为梓木。上漆也有讲究，须用鹿角霜，也就是将成年鹿自然脱落的鹿角磨成粉后，再上生漆。"现在很多琴直接刷油漆，味道不好闻，也很影响音色。"古人制琴，多用蚕丝做弦，所以古琴有个很别致的雅称，叫"丝桐"。说起这些，屠音鞘滔滔不绝。

古琴是安静的乐器，采访期间，屠音鞘和学生再三强调，坐下来先定定心，做几次深呼吸，再动手弹琴。识琴谱前，古琴的学习基本靠口传。一首曲子，每一句的手法，哪里轻，哪里重，哪里抹，哪里挑，全凭记忆。就算识得谱子，也没有节奏标记，最重要的还是靠记忆，想奏出其中的意境，则要靠勤学苦练和个人修为，一点点指尖力道的变化，

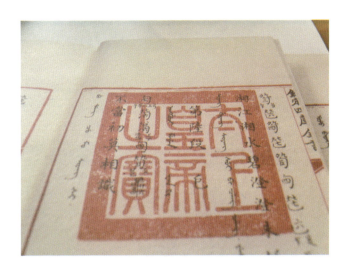

稍有杂音，都会有影响，所以，心不静，难成调。说起古琴的美，三人似乎有聊不完的话。

屠音鞘向我展示的古琴琴谱，好似天书，而琴音响起，是否看得懂减字谱完全不会影响欣赏的心情。那天下着小雨，气温适宜，茶叶清香衬得茶室内的绿植更加鲜活，看弹琴之人一脸认真，三人的指尖臂膀随着音律起伏，当下觉得，时间慢一点，生活慢一点，才不会错过这般美好啊！

作为八〇后最年轻的一代，屠音鞘和"古琴老师"这个看似深厚缥缈的职业似乎有些距离。他也一直强调，弹古琴不能光练技法，必须多读书，提升自己的修为。除了常常去夫子庙与老师、师兄弟交流学习，屠音鞘私下也在练习书法和绘画，前几天刚刚从景德镇写生回来。他的朋友圈中，也一直有与古琴相关的各类信息。至于物质需求，屠音鞘说"其实要求很低"，吃穿用度都比较随便，笑称自己的手机太烂，是个技术白痴。现在打算要好好练习书法和绘画："其实很多东西都是相通的，比如书法、绘画和弹琴。"也许这是一种很难用文字牵扯出的联系，只能"当局者迷"。

临走，屠音鞘赠我一本他大学时出版的诗集，回来翻阅时看到其中一句："想躲进扇面的水墨画里，想一头扎进园林的雾中，想飞到众山顶上，游心骋怀。"一下回想起白天，飘着小雨的南京，茶室内绿叶明快，琴音袅袅，弹琴之人也温柔淳和。兀自揣测，那水墨画里、园林雾中、众山顶上，便是他在或清冷入仙或细致缥缈的丝桐妙音中，觅得的一方可供游心骋怀的胜地吧。

屠音鞘，古琴老师

因三张 CD 与古琴结缘，兜兜转转仍不间断学习，最终成了一名年轻的古琴老师。他说：弹琴不能光练技法，要多读书，提升修为。

图书在版编目（CIP）数据

职人不足道 / 霹雳著. —— 北京 ：新星出版社，
2018.4
ISBN 978-7-5133-2930-9

Ⅰ. ①职… Ⅱ. ①霹… Ⅲ. ①散文集－中国－当代②
随笔－作品集－中国－当代 Ⅳ. ①I267

中国版本图书馆CIP数据核字(2018)第005693号

职人不足道
霹雳 著

责任编辑　汪　欣
特邀编辑　王　依　侯晓琼
装帧设计　李照祥
责任印制　廖　龙
内文制作　田晓波

出　　版　新星出版社　www.newstarpress.com
出 版 人　马汝军
社　　址　北京市西城区车公庄大街丙3号楼　　邮编 100044
　　　　　电话 (010)88310888　传真 (010)65270449
发　　行　新经典发行有限公司
　　　　　电话 (010)68423599　邮箱 editor@readinglife.com
印　　刷　北京盛通印刷股份有限公司
开　　本　850mm×1168mm　1/32
印　　张　6
字　　数　128千字
版　　次　2018年4月第1版
印　　次　2018年4月第1次印刷
书　　号　ISBN 978-7-5133-2930-9
定　　价　45.00元